三河雑兵心得

足軽小頭仁義

井原忠政

双葉文庫

目次

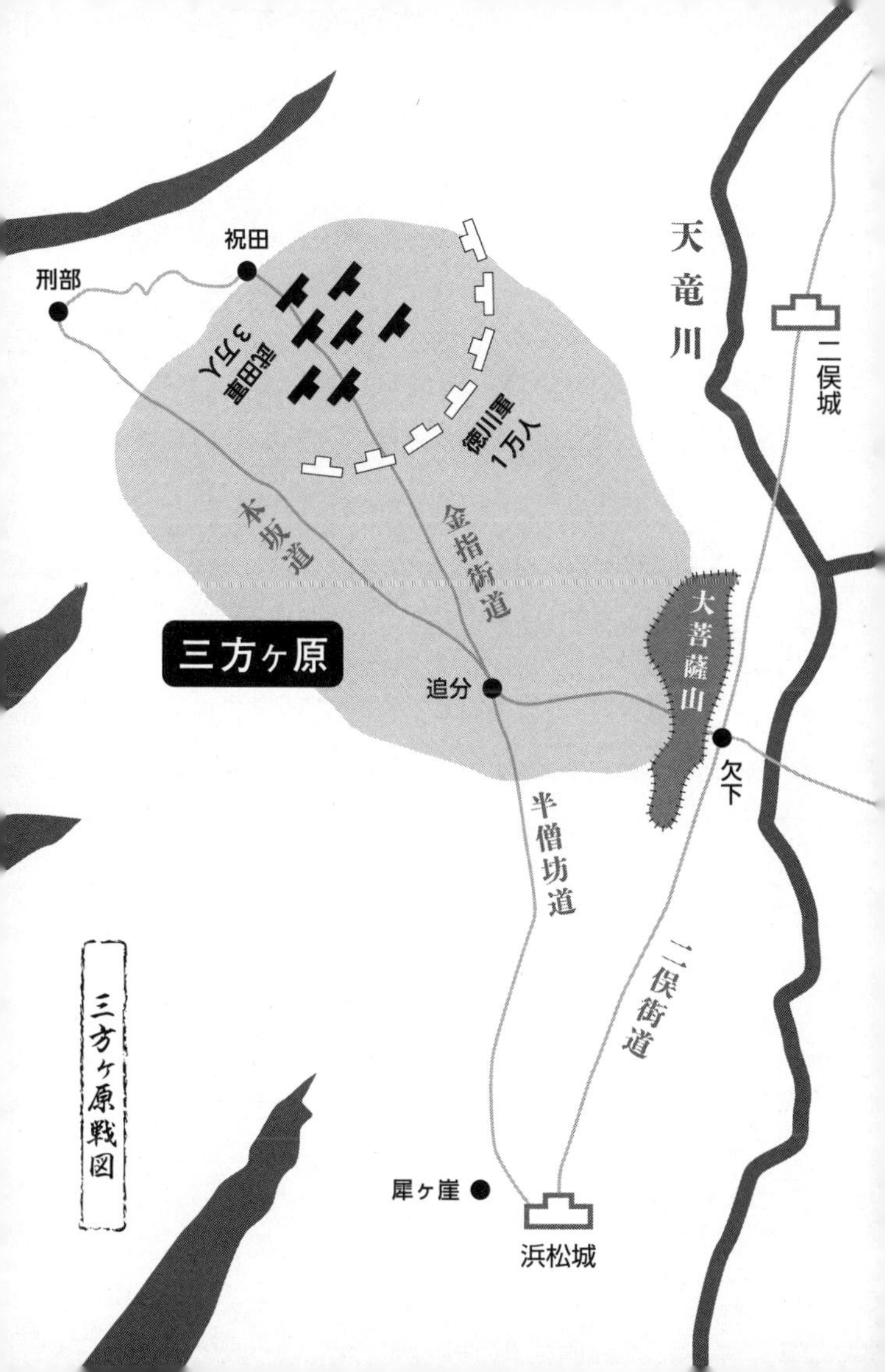

三方ヶ原戦図
天竜川
二俣城
祝田
刑部
武田軍3万人
徳川軍1万人
本坂道
金指街道
三方ヶ原
追分
大菩薩山
欠下
半僧坊道
二俣街道
犀ヶ崖
浜松城

三河雑兵心得　足軽小頭仁義

序章　足軽小頭　植田茂兵衛

暑さと息苦しさに、植田茂兵衛《うえだもへえ》は目を覚ました。

道理で息が苦しいわけで、汗ばんだ肉塊が、茂兵衛の鼻と口をちょうど塞いでいた。大きくて丸い尻である。

（な、なにがどうなっとるんだ？）

しばらくは頭が混乱し、状況を把握できないでいたが、やがて自分の顔の上で、裸の女が大鼾《おおいびき》をかいているのだと理解した。

トントント。カンカンカ。

早朝から夏蟬の声を圧《お》して、鋸《のこぎり》で材木を挽く音、木槌で杭を打つ音が間断なく聞こえてくる。昨年来、遠江《とおとうみ》曳馬城《ひくまじょう》を南西方向に拡張するかたちで、浜松城《はままつじょう》の築城普請が続いていた。夏が過ぎ、秋が終わり、農閑期に入れば甲斐《かい》の武田信玄《たけだしんげん》が攻めてくる。徳川《とくがわ》家としてはその前に、なんとしても要塞を完成させておかねばならない。普請は昼夜兼行《ちゅうやけんこう》で進められていた。

「おら、どかんか！」

と、両手で女体を押しやった。瞬間、ズキリと頭が痛んだ。昨夜の深酒がまだ残っている。

ドシンと床板が大きく鳴って、遊女が野太い悲鳴を上げた。

「なにすんのさ！　乱暴はよしてよ！」

(糞ッ。まるでどこぞの親父のダミ声だら)

と、心中で罵《ののし》り、身を起こして夜具の上に胡座《あぐら》をかいた。

褌《ふんどし》一つ着けない素っ裸なのだが、それでも暑い。戦場で鍛え上げられた筋骨隆々たる体のあちこちから、大粒の汗が吹き出している。

昨夜は板戸を少し開けて寝たので、外光が入り、室内はほのかに明るかった。土壁の際《きわ》に、城下の市で買った古い鎧櫃《よろいびつ》が一つ、長持《ながもち》が一つ置いてあるだけ――殺風景な単身者《ひとりもの》の棲家である。

昨夜は暗かったし、女なら誰でもよかったので、彼女の顔を拝むのは今朝が初めてだ。肥満した中年の遊女であった。

「ふん、たかが徒士《かち》のくせに、なに様のつもりだら……アタシはね、馬乗りのお殿様にだって抱かれるんだよ！」

男の表情の意味を察した女が、陰部を手で隠しながら毒づいた。察しがいいのは、今までに幾度か、客の男から同じような顔をされた覚えがあるのだろう。

「永楽銭《えいらくせん》なら四〇文（約四千円）、京銭《けいせん》なら百六十文（約四千円）おくれ！」

女は土壁に向かって身支度を整えながら、茂兵衛に手を差し出した。

実は昨夜、惚れた女が他の男に嫁《か》したのだ。

相手は遠江の国衆で浅羽治部大夫貞則《あさばじぶだゆうさだのり》の三男坊と聞く。華燭《かしょく》の典が終われば、いよいよ床入りだ。綾女《あやめ》の柔肌に見知らぬ男の指が触れるのかと思えば、茂兵衛の胸は締めつけられ、心は千々《ちぢ》に乱れた。

辛い現実を忘れようと、酒を飲み、酔って城下を彷徨《さまよ》った。暗い道で声をかけてきた遊女を家に引き入れて、獣のように貪《むさぼ》った。

（まったく……俺のやることァ、男の屑《くず》だら）

惚れた女が他所《よそ》の男に嫁ぐ夜だ。多少乱れるのは大目に見られよう。ただ、なにもこの哀れな遊女を傷つけることはなかった。少なくとも昨夜は、彼女の肉体《からだ》で幾何《いくばく》かは救われたのだから。

（不憫《ふびん》なことをしちまったな）

女が去った薄暗い部屋の中で一人、少しだけ後悔した。

去年の夏――元亀《げんき》元年（一五七〇）の七月。北近江《きたおうみ》の姉川《あねがわ》河畔での戦いを終えて浜松へと凱旋した直後、茂兵衛は足軽身分から徒侍《かちざむらい》へと昇進した。役目は足軽小頭である。盟友の木戸《きど》辰蔵《たつぞう》、実弟の植田丑松《うしまつ》以下、十名の槍足軽を指揮する立場だ。

かつて三河《みかわ》一向一揆で野場城《のばじょう》に籠《こも》ったおり、榊原左右吉《さかきばらそうきち》という強面《こわもて》の小頭の下についた。随分と怒鳴られ、殴られもしたが、あのときの教えが、今の茂兵衛を作ったことに間違いはない。榊原は野場城で討死したが、確かに恩人の一人である。今度は茂兵衛が若者を鍛え、導き、一端《いっぱし》の戦士に育て上げる番だ。やり甲斐のあるお役目だと思っている。

侍が足軽長屋に住まうことは許されない。建設中の巨大な浜松城内の一画に、粗末な家を与えられ移り住んだ。足軽時代と違い、衣服、武具、食事は自前となるが、俸給が年に二十五貫（約二百五十万円）貰える。足軽の年収が三貫（約三十万円）なのとは大違いだ。

人生順風満帆の勢いに乗り、去年の秋、思い切って綾女に求婚したのだが、

「三河衆の嫁にはなれん」と、あっさり袖にされてしまった。綾女の旧主である飯尾《いのお》の田鶴《たづる》姫を殺したのは紛れもなく徳川勢だ。茂兵衛がその一員であることもまた確かで、綾女としては受け入れ難かったのだろう。いずれにせよ、昨日から綾女は他人《ひと》の妻だ。どんなに茂兵衛が惚れていてもはや不毛である。好きな女の幸福を祈って諦めるしかあるまい。

土間におり、甕《かめ》に溜めた水を飲んでいると、「おるか」と外から声がかかった。仏頂面の辰蔵が入ってきて、州浜紋《すはまもん》の入った金蒔絵《きんまきえ》の短刀を、茂兵衛に差し出した。

「なんだ、これ?」

口元を袖で拭ってから受け取った。

「盗品だがね。うちの足軽がくすねたらしい」

「また忠吉《ちゅうきち》か?」

「うん」

「あの、たァけが。幾度言ったら……」

さすがに癇癪《かんしゃく》が起きかけた。手癖の悪い配下が盗みを働く——小銭や焼飯《やきいい》を少々盗む分には御愛嬌だし、戦国乱世の倣《なら》いで盗み盗まれはお互い様なのだ。しかし、今回の盗品は安物ではなかった。どこから見ても身分ある侍の私物だ。持ち主に返還した上で、小頭として茂兵衛自身が謝罪するしかない。

ただ、それで済めばいいが、もし融通の利かない相手で、告発でもされると面倒なことになる。仲間内での盗みは軍法に照らして打ち首、茂兵衛も上役として譴責《けんせき》されるだろう。

その上さらに問題があるらしかった。

「な、茂兵衛よ」

「なんら？」

「この州浜紋だがな、どうも相手が悪い」

「よほどの大物なのか？」

「そういうことではねェ。ただ州浜はな、浅羽治部太夫家の定紋らしいわ」

「浅羽って、あの浅羽か？」

「うん、それがな……」

辰蔵は申し訳なさそうに説明した。盗んだ忠吉によれば、短刀は旗本先手役の榊原康政《さかきばらやすまさ》隊の天幕から盗んだというのだ。

「榊原隊に、三州浜紋のお侍は、浅羽小三郎《こさぶろう》様だけだそうだら」

「つまり忠吉は、綾女殿の御亭主から盗んだということか」

「事情を知らずにな」

「当り前だがや。事情を知って盗んだのなら、野郎、絞め殺してくれるわ」

二人の間にしばし沈黙が流れた。

「おまんがどうしても、先方さんに会いたくないのなら、代わりに俺が返してきてやるが？」

有難いが、そうもいくまい。

自分と辰蔵は朋輩《ツレ》だし、相棒だと思っている。しかし、世間的に辰蔵は、茂兵衛配下の足軽に過ぎない。小頭を務める侍がいるのに、代わりに足軽を謝罪にやって、それで済むわけがない。


「もし、浅羽様……」

「え？」

茂兵衛は、新装なった浜松城の大溜まりで浅羽小三郎に声をかけた。

中肉中背、三十少し前の物静かな印象の男である。顔は知っていたが、言葉を交わすのは今日が初めてのことだ。姓名と本多平八郎《ほんだへいはちろう》隊の足軽小頭である旨を告げたが、茂兵衛の名は知らぬようで、勿論、綾女との経緯《いきさつ》も聞かされていない様子であった。

「本日は浅羽様にお詫びを申し上げたく、不躾《ぶしつけ》ながらお声をかけさせていただきました」

と、金蒔絵の短刀を捧げ持ち、首と上体を真っすぐにして、可能な限り深く垂れた。

「これは拙者の短刀、どうして貴公が持っておられる？」

「それが実は……」

茂兵衛が経緯を語ると、小三郎はニヤリと笑った。

「ま、足軽のやることにござれば、こうして品物も戻ってきたことだし、この上目くじらを立てるつもりはござらん」

と、なにも言わずに短刀を受け取ってくれたのだ。

「かたじけのうございます。有難いことにございます」

事件とならずにホッとしたが、それ以上に、小三郎が穏やかで、常識的な人物であることを知り、綾女のために茂兵衛は喜んだ。

激昂《げっこう》し、茂兵衛のような目下の者を怒鳴りつけるような性質《たち》の男だと、その妻は余程苦労しそうだから。

ふと、小三郎の細く長い指先に目がいった。この指が夜毎《よごと》、綾女の柔肌を愛《め》でるのだろうか。

（糞ッ、また酒が飲みとうなったわ）

会釈して立ち去る小三郎の生真面目そうな背中を、茂兵衛はいつまでも眺めていた。

第一章　遠州一言坂の鬼

一

秋が訪れると、異変は浜松の西方から起こった。

信玄麾下《きか》の山県昌景《やまがたまさかげ》が五千の兵を率《ひき》い、信濃《しなの》から東三河《ひがしみかわ》へと侵入したのだ。

山縣隊の規模からみて、実際に徳川方の長篠城《ながしのじょう》を獲りにくる魂胆だろう。

同時に秋山虎繁《あきやまとらしげ》が二千余を率い、やはり信濃から美濃《みの》に入ったとの報せが織田《おだ》家からもたらされた。織田信長《のぶなが》は現在本拠地を岐阜城《ぎふじょう》に置いている。秋山隊の人数はわずか二千だ。こちらは信長の動きを牽制《けんせい》するだけの陽動《ようどう》が目的とみた。

その四日後の元亀《げんき》三年十月三日。

遂に甲斐の虎が動いた。

甲府《こうふ》を発《た》った二万三千の武田勢が、国境《くにざかい》の青崩《あおくずれ》峠《とうげ》を越え、ぞくぞくと遠江《とおとうみ》への侵入を開始したのだ。

「去年の信玄は大井川《おおいがわ》を渡って攻めてきた。守りが堅いと見ると矛先を替え東三河に侵入した。それが今年は、北から遠江に入るという……信玄もよくよく定見のない男だら」

誰に言うともなく、本多平八郎が忌々《いまいま》しげに呟いた。

この日家康《いえやす》は、普請奉行の説明を聞きながら、浜松城の築城現場を視察していた。平八郎の他には、筆頭家老の酒井忠次《さかいただつぐ》が同道している。

武田勢が遠江に侵攻してきたからには普請を急ぎ、せめて惣濠《そうぼり》と矢倉門《やぐらもん》、馬出《うまだし》曲輪《くるわ》ぐらいは完成させておかねばならない。

「信玄の狡猾《こうかつ》なところは、まず山縣昌景を東三河に、秋山虎繁を美濃に入れたことにございましょうな」

酒井は、平八郎と目を合わせないようにしつつ感想を述べた。この筆頭家老は平素から平八郎と馬が合わない。

家康は、普請奉行の説明に熱心に聞き入っている風だが、この男の常として、片耳では家来たちの話をしっかりと聞いていることが多い。

酒井の言葉に平八郎が咬《か》みついた。

「左衛門尉《さえもんのじょう》様、お言葉ながら、ワシには信玄がさほど狡猾とは思えぬ」

左衛門尉は、酒井忠次が僭称《せんしょう》する官位である。平八郎は続けた。

「兵力を分散するのは兵法上の悪手、もし今この場で殿の御赦しが出れば、ワシが一隊を率い各個に殲滅《せんめつ》して御覧にいれることも可能にござる」

「なにを、たァけたことを……」

酒井が冷笑して顔を背けた。

平八郎は酒井を睨んだ後、家康を見た。明らかに出陣を催促している。戦局など度外視し、ただただ武田勢と槍を交えたくてうずうずしているのだ。その露骨な好戦性に酒井は白け、家康はとても嫌そうな顔をした。

「な、平八よ。貴公、信玄の肚《はら》をどう読む？」

気を取り直して、酒井は怖いもの知らずの後輩に質《ただ》した。

「知れたこと。青崩峠を抜けたからには、天竜川《てんりゅうがわ》に沿って南下、この浜松城が完成する前に囲む。あわよくば落城させる肚にございましょう」

「なるほど。あるいは、そうやも知れん。しかし、信玄ほどにもなると、方々に仕掛けをするでな」

「仕掛けにござるか？」

「左様。つまり……」

家康は、総動員兵力一万五千人のうち、山縣隊への手当として本国三河に七千もの兵力を割《さ》いている。また、居城のある岐阜の周辺を秋山隊にうろつかれては、信長も三河の援護に本腰を入れにくいだろう。さらには「大井川を渡るぞ、渡るぞ」と陽動をしかけられていたので、家康は掛川城《かけがわじょう》、高天神城《たかてんじんじょう》以下の大井川西岸の諸城に二千人からの守備兵を入れざるを得なかったのである。

「さて平八よ。兵力を分散しているのはどちらだ？　武田勢か？　それとも我ら徳川か？」

「……」

さすがの平八郎も口を閉じた。

もし信玄の仕掛けが奏功し、織田の援軍が間に合わなければ、家康は二万三千人の武田勢と、わずか六千の浜松城兵のみで戦うことになる。精強な三河武士団を各戦線で分断する信玄の目論見は半ば達成されており、今のままでは家康に勝ち目は薄かった。

「左衛門尉の申す通りじゃ」

ここで家康が、普請奉行の説明を制し、酒井と平八郎の議論に割って入った。

「信玄の仕掛けは周到である。山縣隊と秋山隊で我が方を分断する……いやいや、それだけではないぞ。なぜ信玄は、あえて十月三日に遠江への侵入を開始したと思うか？」

「あ、なるほど。一周忌ですな……あの方の」

さすがに酒井はすぐにピンときたようだ。

「あの方？　何方《どなた》の一周忌にござるか？」

平八郎が酒井に質した。

ちょうど一年前の元亀二年（一五七一）十月三日、相模《さがみ》の北条氏康《ほうじょううじやす》が死去したのだ。その直後、後継者である北条氏政《うじまさ》は外交方針を大転換、信玄と和睦したのである。氏康の生前から、父子間《おやこかん》の不仲を嗅ぎつけ、跡継ぎ氏政への調略を辛抱強く続けた信玄の外交的勝利であった。今回の武田勢本隊二万三千の内には、北条氏政が派遣した援軍二千が含まれている。

「これもまた、信玄の周到なる仕掛けよ。敵ながら天晴《あっぱ》れじゃ」

平八郎の顔を覗きこみながら、家康が苦く笑った。

昨年、東三河の二連木城《にれんぎじょう》や吉田城《よしだじょう》を攻められたときにも感じたことだが、今までの信玄は、遠江や三河へ侵攻しても、どこか腰が引けていた。せっかく城を囲んでも「落ちない」と見ると諦めは早かったのだ。高天神城然り、吉田城然りである。

それは、大国北条が東から睨みを利かせていたからだ。

下手に西方で手こずると、東方から尻をガブリと咬まれかねない。なにせ信玄は、甲斐、相模、駿河《するが》の三国同盟を一方的に破棄し、氏康の娘婿である今川氏真《いまがわうじざね》を追いつめ、駿河今川氏を滅ぼした張本人である。氏康が信玄を警戒するのは当然で、もし信玄が三河や遠江で躓《つまず》けば、容赦はなかったはずだ。

だがその氏康の死により、北条の頸木《くびき》は外れた。今年の信玄は、後顧の憂いなく遠江へと侵攻できた次第である。氏康の一周忌に甲府を発ったのも、よほど「自分にとって縁起のよい日」と感じていたからではないのか。

「この間《かん》、ワシも手をこまねいておったわけではない。お主たちも知っての通りじゃ」

二年前の元亀元年（一五七〇）十月。姉川戦の後、家康は信長に仲介を頼み、越後《えちご》の上杉謙信《うえすぎけんしん》との間で軍事同盟を結んでいる。無論、信玄の背後を謙信に牽制してもらうためだ。当時はまだ北条氏康も健在であり、東と北からの掣肘《せいちゅう》を受ける信玄が三河や遠江に全勢力を傾けて攻めてくる可能性は低かった。

しかし、いかに謙信が軍神でも、冬の越後は雪に閉ざされ、身動きがとれなくなる。元亀三年十月三日は、陽暦では十一月八日に当たる。あとひと月もすれば雪が積もる。越後勢は大規模な軍事行動を取りにくい。現在の信玄にとって、北の脅威もさほどではなくなったのだ。

「なるほど。信玄が食えぬ狸だということはようく分かり申した。で、我らは如何にして防ぎまするか？」

平八郎が家康に質した。

「勝負の分かれ目は、ここよ」

家康は、指揮棒として使っている折れ弓の先で、地図上の一点を指した。

「二俣城《ふたまたじょう》よ」

遠州灘から六里（約二十四キロ）弱、浜松城からは四里（約十六キロ）強の天竜川の蛇行部に立つ浜松城の支城である。北から山地が迫り、青崩峠を経由した武田勢の二万三千が、平野へと繰り出すその出口を固めている。

「ここを落とさぬ限り、信玄は大きくは進めぬ。信濃への退路に立ちはだかる城じゃからな。如何に信玄が策士でも、所詮、武田勢は敵地を進む遠征軍よ。山縣や秋山は怖いが、三河や美濃の地で長くは戦えん。いずれは立ち枯れる。時は我らの味方じゃ。二俣城が踏ん張り、時を稼げば、いずれ信玄は兵を引かざるを得なくなる」

山縣隊と秋山隊が立ち枯れれば、三河の七千は遠江の家康と合流できるし、信長も三河に援軍を割けるようになる。この戦、家康が俄然、有利となる。

「その時こそ平八、おまんの出番じゃ。撤退する武田勢の尻を、思い切り蹴り飛ばしてやれ」

「はッ、今から楽しみにござる。腕が鳴るわ」

と、若い主従が快活な笑顔を見せる傍らで、一人、酒井忠次のみが、沈痛な面持ちのままに口を閉ざしていた。

家康の言葉に嘘や間違いはない。確かにその通りなのだが、結局のところ「二俣城は堅城だから落ちない」「健闘し時を稼ぐ」との前提に立っている。今川を滅ぼしたとき、駿河での信玄の進軍速度はもの凄いものだった。付け城、支城の類なら難なく一日で落とした。本当に二俣城は、時を稼げるのだろうか？　もしこの前提が崩れたとしたら、徳川方に次の一手はないに等しい。慎重な酒井が笑う気になれない所以《ゆえん》であった。

武田勢との厳しい戦《いくさ》が目前に迫っている。茂兵衛は配下の足軽たちを集めて、兵糧丸《ひょうろうがん》作りに余念がなかった。

兵糧丸——味噌や胡麻、砂糖などを擂《す》って丸めてよく蒸し、天日で干した戦時の携行食である。滋養が高く「一粒含めば一日精が続く」との触れ込みだが、実際にはそこまでの力はない。ただ、焼飯《やきいい》と塩だけ食って戦うよりは力がつくし、ひと月近くも日持ちがするので、茂兵衛は日頃から足軽たちに、戦場へ赴くおりには、少し多めに作り、余分に携行するように指導していた。

足軽長屋には必ず作業用の広場が設けられている。甲冑《かっちゅう》を繕《つくろ》ったり、槍や刀の錆《さび》を落としたり、ときには敵の首級《しゅきゅう》を洗ったりもする。今は配下の足軽たちが辰蔵の指導の下、車座になって、兵糧丸の材料を団子状に成形していた。ちなみに、径一寸（約三センチ）もある大きな塊である。

「な、寅八《とらはち》よ」

「おう、なんなら？」

隣り合って団子を作っていた足軽の忠吉が、作業の手を休めることなく、隣の寅八に声をかけた。

忠吉とは、綾女の亭主から短刀を盗んだあの男である。岡崎《おかざき》郊外の百姓の次男坊で、槍足軽としての腕は確か。小才が利き、陽気で話し上手、茂兵衛組内の人気者であった。

寅八も茂兵衛配下の槍足軽の一人である。東三河吉田城下の出身で、三年前から徳川家で足軽奉公を始めた。体が大きく膂力《りょりょく》も強いが、槍遣いとしては若干機敏さに欠ける。この男、特筆すべきは妻子持ちであることだ。愛嬌のある肥《ふとり》肉《じし》の女房と可愛い五歳ほどの娘と三人、狭い足軽長屋で仲良く暮らしていた。女房の実家が富裕な農家だそうで、生活には困っていない。そうでもなければ年に三貫（約三十万円）の俸給で妻子を養うことなど、とてもできないだろう。

「古来兵法では、攻城側が城兵の三倍を超えると城は落ちるというそうな」

「ほうか」

作業を続けながら寅八が長閑《のどか》に応えた。

「この城の城兵はなんぼおるのよ？」

「ま、六千ぐらいと聞くがね」

「六千の三倍で一万八千か……武田はどれほどだら？」

信玄の領土は現在、甲斐、信濃、駿河を合わせて約百四十五万石で、兵の総動員力は三万六千人ほどだ。北条からの援軍が二千で都合三万八千。その内、領地の三ヶ国にもそれなりの守備兵を残す必要があり、八千人を残した。さらに山縣隊、秋山隊に七千人を割いたから、信玄が直々に率いているのは二万三千人前後だろう。

「に、二万三千？　こりゃ旗色が悪いがね。ま、せめてこれが野戦《のいくさ》ならよ、御味方の旗色が悪うなったら逃げちまえば済むが、籠城戦だとそうもいかん。甲斐や信濃は人が少ねェもんで、人取りが激しい。山深い甲府に連れてかれて奴奉公《やっこぼうこう》させられるのはまっぴらだがや」

人取り——捕虜が人買いに売られ、奴婢《ぬひ》となることもある。

「なら忠吉、おまんどうする？　今のうちに逃げちまうか？」

「ま、それも一つの……」

「たァけ！」

背後から辰蔵が、忠吉の頭を拳骨で殴った。

「おいこら忠吉、なにが三倍か？　おまん、下らん嘘吐いとると蹴ったくるぞ」

辰蔵の実感としては、三倍は嘘だと思う。城の堅さにもよろうが、せめて五倍から十倍で攻めねば、城はなかなか落ちない。落とせない。

「た、辰蔵さん……す、すんません」

「おまん、徳川が負ける思うとるのか？」

「や、そんなことねェですら」

「逃げられるもんなら逃げてみりん。とっ捕まえて、見せしめのため、尻の穴から槍で串刺しにしてくれるわ」

「そ、そんな……酷い」

この程度には脅しておかないと軍規は保てない。

辰蔵の身分は、忠吉と同じ足軽である。しかし、足軽になって九年、徳川の直臣になって八年の古株だ。古参足軽として、小頭茂兵衛の補佐役を務めていた。茂兵衛は一応士分だから、足軽を酷く打擲《ちょうちゃく》したりすると「配下の者に残酷な、非道な指揮官」との汚名を着せられかねない。だからそこは、気心の知れた辰蔵が、嫌われ役を買って出ているわけだ。

「そもそも、おまんは盗《ぬす》っ人《と》だら」

辰蔵は、いい機会だと思い。忠吉をとっちめることにした。

「た、辰蔵さん……人聞きの悪い」

「今年の二月を忘れたか？　州浜紋《すはまもん》の短刀で、小頭にどえらい面倒かけたがや」

「や、あのときは本当に……申し訳ねェこって」

「ほれ見ろ、やっぱ盗っ人だら?」

「へい、俺ァ盗っ人です」

忠吉がペコリと頭を下げたので、周囲の足軽たちは声を上げて笑った。この辺の愛嬌が、彼の人気の秘密なのだろう。

盗っ人といっても、戦国の倫理観は、平時のそれとは大きく違う。

長く続いた乱世で、人心は荒廃している。戦場《いくさば》における略奪行為は「乱取り」と呼ばれ、俸給の低い足軽雑兵にとっては、むしろ生活の糧だ。美徳とは言えないまでも、必要悪の一つであった。敵の骸《むくろ》から銭を奪ったり、甲冑を剝《は》がしたり、敵地の民家に押し入って狼藉《ろうぜき》を働くことで、雑兵たちは食いつないだのである。

ただ、それが自軍の陣地や城内で、味方の懐、朋輩《ツレ》の銭を狙うまでになると、いくら戦国の世でも見逃してはもらえない。御法度であり、軍法に照らし厳しく罰せられた。

忠吉は高級武士の宿所に忍び込み、私物をひょいと懐に入れてくる。決して高価なものは盗まない。小具足《こぐそく》の面頰《めんぼお》やら喉垂《たれ》、当世袖《とうせいそで》の片方。古風な鎧通《よろいどお》し、薬入れなどが精々である。盗《と》られた方も油断を責められるので、被害者から告発を受けることは希《まれ》だ。だからこそ、今までこのコソ泥は生き延びてこられた次第である。

「ええか、もし次に盗んだら、たとえ京銭一文でもだ！　今度は俺が見逃さん。おまんの指を全部切りとって、一本ずつ食わせてやるぞ！」

息がかかる程に顔を寄せ、辰蔵は忠吉を脅しつけた。

「へい、に、二度と致しません」

忠吉は顔面蒼白となり平身低頭し、その場では、深く反省しているように見えた。

「朋輩のものは盗む、敵が強そうだと逃げちまう……たまらんのう」

黙って見守っていた茂兵衛は深く溜息を漏らした。足軽小頭の役目はやり甲斐があるが、苦労も一入《ひとしお》なのである。

二

武田勢を前に臆病にかられるのは、なにも忠吉のような足軽だけではない。北遠江の国衆で犬居城《いぬいじょう》の主である天野景貫《あまのかげつら》が信玄に降伏し、そのまま武田側へと寝返った。信玄が甲府を発ったわずか七日後、元亀三年十月十日のことである。

犬居城は、家康が戦略拠点として挙げた二俣城から北東へ三里（約十二キロ）の地点にある。天竜川の支流である気田川《けたがわ》の西岸、行者山《ぎようじややま》の山頂にたつ堅城だ。天野は元々今川の被官で、永禄十二年、家康が遠江に侵攻したおりに今川を見限り、初めて家康についた。わずか三年の付き合いだから、誰の目にも優勢に映る武田方に靡《なび》いたところで大きな驚きはない。しかし、遠州の地理に詳しい天野に道案内をされるのは痛手だったし、それ以上に、早々に離反者が出たことが問題だった。浜松城内の空気は、一気に冷え込んだ。

信玄は、天野を先導役として川沿いに南下を続けたが、二俣城を囲むことはなかった。城を右手に見ながら悠々と素通りし、周辺の支城や付け城を短時間で次々に攻め落としていった。

旗本先手役の騎馬武者たちが、平八郎の屋敷に招集された。武田勢との戦いを前に、武者たちの疑問に答え、意見を聞く評定の場を設けたのである。このことは家康から——おそらくは酒井忠次あたりの提案により——各侍大将へ直接命じられた。よく話し合い、心を一つにして国難に立ち向かおうとの趣旨だ。

さほど広くない三間続きの板敷に、七十名からの血気盛んな男たちがつめ込まれると、秋が深まった陰暦の十月でも、熱気でむせ返るほどだ。茂兵衛も、平八郎隊に三隊ある足軽隊の小頭として、二人の先輩小頭と並んで末席に控えていた。

「天野の糞は、元々信玄に内応しとったのではござらぬか？」

「知らんがや！」

上座の平八郎が不快げに怒鳴り、思わず唾を床に吐いた。一瞬で我に返り、慌てた様子で、その唾を手で拭った。平八郎は機嫌が悪いとよく唾を地面に吐くが、それを屋内でもついやってしまうので、日頃から妻の乙女《おとめ》に厳しく叱責されている。乙女は側室だが気が強く、頭もよく、滅法働き者で、正妻を差し置いて本多家の奥向きを事実上取り仕切っていた。さしもの平八郎も彼女にだけは頭が上がらない。

「殿は、信玄の肚を如何に読んでおられるのか？　二俣を素通りされたが、あれは殿の目論見が外れたということでござるか？」

若い騎馬武者が、鼻息荒く、顔面を紅潮させながら質した。

「たァけ。信玄は二俣城を堅城と見て、まず周囲の小城を落とすことから始めただけだら。丸裸にしてから囲む肚だがや」

「信玄が、天竜川に沿って南下してきたら如何します？　掛川城や高天神城とこの浜松が分断されてしまう」

と、別の武者が訊ねた
「それは……な、南下してきてから考える」

「そんな悠長な、それでは無策に等しい！」

「たァけ、おまんは黙っとれ！」

「お頭、傲慢《ごうまん》だら！」

「なにおーーッ」

激昂《げっこう》して立ち上がった平八郎を、前列に並んだ古参武者が、ようやく数名で押し止めた。吼《ほ》える指揮官、負けずに言い返す配下——まるで評定の態を成していない。

（そりゃ、こういう場は、お頭には向かんがね。誰の提案か知らんが、やるだけ無駄だら）

平八郎をよく知る茂兵衛は、末席で深い嘆息を漏らした。

ただし、これだけ見苦しい、大人げない評定をやってもなお、平八郎隊は一枚岩なのである。この部屋にいる誰もが平八郎を愛し、恐れ、信頼している。評定の場では喧嘩になっても、いざ戦場で平八郎から「死ね」と命じられれば、誰もが一切迷うことなく平然と命を差し出すだろう。それほど戦場での平八郎は強く、運がよく、直感に優れていた。頭脳で生きる男ではないのだ。直感と度胸と腕っぷしだけで現在の地位にある。

果たして信玄は、徳川方の天方城《あまがたじょう》、飯田城《いいだじょう》をわずか一日で落とし、天竜川左岸を南下してきた。平八郎邸の評定でも話題になったように、明らかに、掛川、高天神両城と浜松城の分断を狙っている。二万三千の大きな図体で徳川方の防衛線に割って入り、分割し、孤立した小部隊を各個に殲滅していく肚に相違ない。

天野景貫が武田に寝返った三日後の元亀三年十月十三日。遂に家康は浜松城を進発した。

ただ、率いる兵は城兵の半数で三千ほど。茂兵衛らの旗本先手役を基幹とする精鋭部隊ではあるが、とても信玄の本隊に決戦を挑める兵力ではない。さりとて偵察には大仰すぎる。

(殿様はなにを考えていなさるのかなァ?)

平八郎隊の集合場所へ急ぎながら、茂兵衛は首を傾《かし》げた。

穿《うが》った見方をすれば、自軍に向けての示威行動の可能性もある。実はこのとき、浜松城の五里(約二十キロ)東にある久野城《くのじょう》が、城主久野宗能《むねよし》を中心に武田勢の猛攻によく耐え、持ちこたえていたのだ。

(殿様としたら、これを救援しないといけねェ。さりとて敵は大軍で、手が出せねェ……じゃ、どうする? せめて救援に向かう素振りだけでも見せようって肚なのかもな)

総大将の弱気や臆病、消極性を感じ取ると、家臣たちは動揺し、それこそ足軽雑兵を中心に逃げ出す者が続出しかねないのだ。たとえ虚仮脅《こけおど》しと笑われようと、形だけでも兵を出し、武田勢にひと当たりすることには、それなりの意義があったのである。

「平八、三左衛門《さんざえもん》、先鋒を申し付ける。疾《と》く発て」

と、浜松城内で家康の采配《さいはい》が翻《ひるがえ》った。

三左衛門とは、内藤信成《ないとうのぶなり》の通称だ。平八郎と同じ旗本先手役の旗頭を務めている。内藤隊の規模は平八郎隊とほぼ同じ。騎馬武者七十を基幹に、十人一組の足軽隊が三組——都合百名ほど。人数はわずかだが少数精鋭の機動打撃部隊で、士気も練度も極めて高い。

平八郎隊と内藤隊は、相次いで浜松城の矢倉門を潜った。

茂兵衛も、配下である十人の足軽を率い、七十騎の騎馬武者の後方を進んだ。

薄闇の中を歩きながら、茂兵衛は自分が指揮する十人の男たちの顔をじっくりと眺めてみた。辰蔵がいる。丑松がいる。この両古参兵はいつもと変わらない。平常心だ。信頼がおける。忠吉と寅八も元気に行進している。顔つきも明るい。今のところ、己が配下から逃亡足軽がでる心配はなさそうで安堵した。

「ね、小頭？」

忠吉が声をかけてきた。

「なんら？」

「その御兜《かぶと》や当世具足は、姉川での戦利品と伺いましたが、本当ですかい？」

「ま、そんなとこだら」

茂兵衛の軍装は、黒漆《くろうるし》をかけた桶側胴《おけがわどう》に、赤い桃形兜《ももなり》を被る。面頬や喉垂は着けていない。当世袖と草摺《くさずり》は黒い板札《いたざね》に素掛《すが》けの赤糸縅《あかいとおどし》だ。赤と黒のチグハグな印象で、鹵獲品《ろかくひん》の寄せ集めであることは見え見えなのだが、茂兵衛は一切気にしていなかった。

「目立ってええだろ？　赤と黒。なかなかおらんがね。武功を挙げたとき、証人を集めやすいと考えてな」

と、つまらない冗談を言うと、足軽たちは屈託のない笑顔を見せた。

どうせ足軽上がりの小頭であることは皆が知っている。見栄を張って大層な甲冑を新調しても、陰口を叩かれるだけで、誰も褒めてはくれない。

（だから俺は、これでええ）

そう割り切っている。

天竜川の渡渉点《としょうてん》は決まっている。流れが緩く、水位も低い場所が幾つかあって、徳川勢はそのどれもを熟知していた。地の利というやつだ。

「ふん、敵にも寝返った天野がおるら。どの辺を渡れば具合ええかは、奴も知っとるはずだがや」

先頭を歩く辰蔵が振り返り、忌々しげに呟いた。

天竜川を渡りきり、さらに東進してだらだらと続く一言坂《いちごんざか》を上る。

坂の上は平らな土地で見付台地《みつけだいち》（現在の磐田原《いわたばら》台地）と呼ばれていた。延々と雑木の林が続く中に農家が点在し、わずかに畑を開いて野菜や雑穀などを作っている。徳川勢はこの場所に、東に向かって本陣を敷いた。

「どうじゃ平八、お前、信玄にひと当たりしてみるか？」

軍議の席上、家康が平八郎に笑顔で囁《ささや》いた。

ひと当たりする――この場合は、軽く攻撃を加え、敵の反応を見極める駆け引きを指す。今でいう威力偵察だ。

「ひと当たりと仰《おっしゃ》らず、ふた当たりでも、み当たりでも……」

「たァけ。ひと当たりで十分じゃ」

家康が目を剝《む》いた。

「ええか平八、それ以上の交戦は禁じるぞ」

家康としては「殿は、久野城の救援に本気で向かった」との体裁が欲しいだけなのである。交戦があればそれでいい。ひと当たりで十分だ。しかし、平八郎は返事をせず、押し黙ってしまった。

「平八、不満か？」

「や、御下知とあれば従いまする」

「うん、殊勝である」

他の侍大将たちの前で恥をかかせぬよう一応は是としてきたが、家康は平八郎の不満そうな顔つきに危惧を覚えていた。平八郎は押せ押せの荒武者だ。ここは行けると直感で判断すれば、とことん突っ込んでいく。百人、二百人の戦ならそれもいいが、今回の戦は二万三千の大軍が相手だ。対する味方はわずか三千。平八郎の攻撃が執拗で強烈にすぎると、武田勢が本気になり、えらいことになる。だからといって、この役目ばかりは、弱将には任せられない。腰が引けた攻撃では、武田勢は兎も角、身内の徳川勢が納得しないからだ。その点、「平八郎に突っ込ませた」の一言があれば説得力が違う。

(帯に短し、襷《たすき》に長しか)

と、家康は心中で苦虫を噛《か》み潰したが、平八郎隊の単独行動とはせず、冷静沈着な内藤信成と組ませる案をすぐに思いついた。

三

「のう三左衛門」

「ん?」

雑木林の中、轡《くつわ》を並べ、東へ向けて馬を進めながら、平八郎が内藤に声をかけた。内藤信成は今年二十八歳、通称は三左衛門。家康より二つ若く、平八郎より三歳年長だ。家康の異母弟との噂もある実力者だ。

「殿の言った『ひと当たり』だがな」

「うん」

「おまんの物差しで『ひと当たり』は如何ほどのものかな？」

「相手によるら」

「ほうだのう。じゃ、武田の二万三千が相手ならどうよ？」

「さっと当たって、さっと退く。敵が二町（約二百十八メートル）追って諦めるぐらいが、ちょうど『ひと当たり』だら」

「ふ〜ん」

二人の武将は、しばらく黙って馬を進めた。

「でも、なんで二町なのよ？」

「知らんわ……大体だがや」

と、嫌そうに内藤は言って、平八郎から顔を背けた。

（三左衛門の奴、戦場においては臨機応変を知らんのか？　なにが二町だら。ひと当たりして手応えがあれば、とことん行くべきだら、たァけが）

と、平八郎は心中で毒づいた。

平八郎は枷《かせ》をはめられたくなかったのだ。行く行かぬは自分の直感に任せて欲しいと内藤に頼んだつもりだったが、嫌がられてしまった。家康が、内藤を付けたのは自分の独断暴走を牽制するためだとは分かっている。

「よいか平八、指揮を執るのはあくまでも年嵩《としかさ》の三左衛門だぞ。そこのところを間違うな」

別れ際に家康から念を押されて、遅まきながらピンときた。

(殿も殿だら。そんなにワシが信じられんなら、ワシを使うな。そもそも『ひと当て』なんぞという禅問答のような……ん？)

前方の木陰でなにかが動いた。

「敵だら！」

と、叫ぶのと、槍持ちから愛槍の蜻蛉切《とんぼぎり》を引っ手繰るのと、馬の腹を蹴るのが同時であった。咄嗟《とっさ》にこれができるところが、平八郎の平八郎たる所以である。

逃げ出したのは武田方の斥候か――一人は徒武者《かちむしゃ》、一人は足軽である。

瞬時に追いつき、槍先で首の後ろを突くと足軽は手もなく転がった。もう一人は生け捕りにする。敵の情報を聞き出せそうだ。槍の太刀打の辺りで強《した た》かに殴りつけて昏倒させた。

その間、三呼吸ほどか。なにしろ仕事が早い。

しかし、敵の情報を聞き出すことはできなかった。槍の柄で殴った徒士《かち》は、首の骨を折ったらしく、息絶えていたのだ。

「まったく手加減を知らん奴だら。これじゃ、なにも聞き出せんがや」

内藤が平八郎の不手際を責めた。

「おい、金吾《きんご》！」

忌々しげに敵の骸を睨んでいた平八郎が呼んだ。

「へいッ」

茂兵衛の後任として、平八郎の旗指足軽を務める下田《しもだ》金吾が威勢よく応えた。

平八郎の旗印は巨大な鍾馗図《しょうきず》である。幟《のぼり》を支えるには並外れた膂力が要り、また有名な平八郎を討たんとして敵の矢弾が集中するから、旗指足軽はとても危険な役目なのだ。力と度胸に優れた漢《おとこ》の中の漢だけが起用される。金吾も筋骨隆々たる偉丈夫であった。

「茂兵衛と丑松を、ここへ呼べ」

「へい」

と、金吾は幟を同僚足軽に託し、機敏に後方へと駆けだした。金吾の背中で、掌大《てのひらだい》の白布がひらひらと揺れている。金吾だけではない。平八郎も内藤も、茂兵衛も丑松も、今朝、揃いの白布を甲冑の背中に結び付けてから出陣した。乱戦となったとき、同士討ちを避けるための合印《あいじるし》である。さらには符丁も決めてある。「三河」と呼びかけたら「安祥《あんじょう》」と応じる。兜武者の多くは面頰を着けているから、乱戦の中では見間違える。夜戦《よいくさ》でなくとも符丁は決めておくのが武将たるものの心得だ。

「うちには一人、目のええ足軽がおってな。夜目も遠目もよう利くがね」

と、内藤に自慢した。

「ほう」

「そやつを先行させ、高い木にでも上らせれば、敵を生け捕りにせんでも、二里四方の敵情は、手に取るように分かる」

「ふ〜ん、それは重宝するのう」

羨《うらや》ましげに内藤が言葉を返した。

「兄《あに》ィ」

赤松の梢から丑松が、根元で見上げる茂兵衛に呼びかけた。

「おう、どんな塩梅《あんばい》だら？」

根元から兄が応えた。

目付台地の東の果て、崖の上にある三箇野台《みかのだい》は、見晴らしがよく利いた。眼下に広がる水田地帯を一望できる。台地の下は東へ向かってずっと平野が続いており、田圃《たんぼ》やススキの原野が確認できた。

茂兵衛は存外、この辺りの地理に詳しい。

右手の彼方へ一里（約四キロ）と少し行けば浅羽だ。三年前、綾女と再会した場所である。その後幾度かその地に手紙を出した。現在の綾女は、浅羽の領主の三男坊の妻だ。茂兵衛にとっては様々に思い入れのある土地で、気にかけるうち自然と、地名やら地形が頭に入った。

その平野に数千の大軍が展開するのを発見した茂兵衛は早速、丑松を背の高い赤松へと上らせたのだ。

現在、武田勢が攻めている久野城は三箇野台の北東一里先にある。この辺りに陣を敷いているのは、後詰《ごづめ》の部隊であろう。

「なんだかよ。たくさん字が書いてある幟が見えるぞ」

「なんと書いてある……や、ま、他にはなにが見える？」

丑松が、ほとんど字が読めないのを思い出した。仮名はともかく漢字はお手上げである。

「白地に赤い丸が染め抜いてある旗も見えるぞ」

（おい、白地に赤丸って……まさか甲斐源氏に伝わる『日の丸御旗』じゃあるめェな？」

武田家の先祖が、後冷泉《ごれいぜい》天皇から下賜されたと伝わる日の丸御旗——信玄はその家宝を旗印に掲げていると聞く。もし本当にそれがあるなら、四半里（約一キロ）先に信玄の本陣が、武田信玄本人がいるということだ。

（まさかな。まさか本陣じゃあるめェ。どうせ荷駄隊かなにかだら。こんな離れた場所に、ポツンと信玄がいるわきゃねェら）

「おい丑、たくさん文字の書いてある幟な……それ、どんな風だら？」

「縦長の旗によ、大きな文字で……ああ、全部漢字だら。七文字で二列、幟一杯に書いてある」

「一文字でも読めんか？」

「林、山は読める……火もある」

ここで茂兵衛は、ひどく咳《せ》き込んだ。

「おい丑……そ、そこから目を離すなよ！　俺ァお頭に報告に行ってくる」

「おう、早う帰ってな」

少し足りない弟が、松の上からノンビリと返した。

（十中八九は相違ねェ。林、山、火……そりゃ、風林火山だら。し、信玄の野郎、なにをドまぐれたか、あっこの坂の下におるがや！）

全速力で走りながら、興奮に打ち震えていた。勿論、頭に浮かんでいる言葉はただ一つ——桶狭間《おけはざま》である。

（うちと内藤様の騎馬武者を合わせれば百四十騎、槍足軽が六十。皆、旗本先手役の猛者《もさ》揃いだら……殺《や》れる。心を一つに、信玄一人を狙えば殺れる！）

気分が高揚し、なぜか両眼から涙があふれだして止まらない。

「殺ったる！　信玄をこの手で殺ったる！　桶狭間だら！」

と、薄暗い雑木林の中を走りながら獣のように吼えた。

「お、お、桶狭間だら！」

茂兵衛の報告を聞いた平八郎も、何故か同じ言葉を叫んだ。

内藤と平八郎、二人のお頭を取り囲んだ騎馬武者たちの誰もが、意味不明な雄叫びを上げながら、その場でピョンピョンと飛び跳ね始めた。内側から沸き起こる興奮を抑えられないのだ。武者たちが跳ぶ度に、当世袖や草摺がガチャガチャと煽情的な音をたてた。

ここ数年来、三河衆の頭の上には、常に信玄が乗っていた。非情で狡猾、そして滅法強い甲斐の虎が乗っていたのである。二万三千の武田勢が青崩峠を越えたと聞いて「敗北」や「死」や「逃亡」という言葉を想起しなかった者はいまい。まさに悪夢だ。その不快な重石《おもし》が、わずか四分の三里（約三キロ）東へ走るだけで、雲散霧消するかも知れないのだ。

「三左衛門！」

平八郎が、鎧を摑んで内藤を引き寄せ、グイと顔を近づけた。息がかかるほどの距離だ。内藤は決して小柄ではないが、平八郎と比べると七寸（約二十一センチ）も低い。

「な、なんだ平八？」

「ワシを止めるなよ。殿は確かに『ひと当たりで帰れ』と言った。でも、これからワシは坂の下の信玄を討で、必ずおまんの命に服せとも言った。おまんが頭つ。もしどうしても止める気なら、相すまんが、まずおまんから刺し殺す……どうする三左衛門！」

「お、おう……し、信玄を討とう」

気圧《けお》された内藤が頷いた。


三箇野台に一同が到着したとき、武者たちが醸し出す殺気に怯えた丑松は、なかなか赤松から下りてこなかった。

「こら丑！　早う下りてこんか！」

と、急《せ》かす茂兵衛を押さえて、平八郎が丑松に声をかけた。

「おい丑松、漢字だらけの幟はまだ見えるか？」

「へい。赤丸の旗も動いとらんです」

「武田の本陣だら。そりゃ信玄もおるだろうさ。でも、少なくとも馬廻衆が三千はおる。おまん、あっこに二百で突っ込む気か？」

面頰の奥で、内藤が眉をひそめた。

「三千おろうが、一万おろうが関係ないら。用事があるのは、すぐそこにおる信玄一人だら！」

と、平八郎が反論したが、内藤も退かない。

「見る限りは水田《みずた》の中だら。信玄は田圃の中に陣を構えとる。奇襲をかけるつもりでも、ぬかるんで立往生するぞ」

「今日は十月の十三日だら。もう田圃は乾いとるがね。走れるわ」

陰暦の十月十三日は、陽暦になおせば十一月十八日だ。稲刈りがすんでからひと月以上経っている。

ようやく慎重派の内藤が黙ったので、平八郎は全軍に声をかけた。

「ここからは音を立てるな。ええか。今から森の中を忍んで坂を下る。信玄の本陣のすぐ後ろまで肉迫する。後は運を天に任せて突っ込むのみ。狙うのは信玄の首一つだら」

「……………」

二百人の男たちが無言で頷いた。兜武者たちの錣《しころ》が一斉にガサリと鳴った。

平八郎隊と内藤隊は、静かに森の中を下った。これが夜間の進軍なら、馬にバイを嚙ませたり、草摺を縛って音が出ない工夫をするのだが、今はもう陽は上りきっている。さらに、台地の下には三千からの敵兵が展開しており、軍馬や駄馬の数も多く、かなりの騒音がある。あまり神経質にはならなくてもよさそうだ。

部隊は坂を下りきり、一旦、暗い森の中に身を潜めた。

「符丁は『三河』と『安祥』だら。忘れるな。『三河』と『安祥』じゃぞ。首は討ち捨て。木っ端《こば》武者には目もくれるな。信玄ただ一人を目指して突っ込め。ええか」

二百人の男たちがまた無言で頷いた。鏦が一斉に鳴った。

「よし、ワシに続け！　信玄を討て！」

そう吼えると、平八郎は鐙《あぶみ》で馬の腹を蹴り、真っ先に飛び出した。二百名の徳川勢が一斉に駆けだした。

武田本陣の五町（約五百四十五メートル）手前で暗い森から飛び出した。背丈を超す枯れススキの原野が広がっていた。明るさに幻惑され、目を瞬《しばた》きながら茂兵衛は走った。空が怖いほどに青い。巳の上刻（午前九時頃）、清冽な秋の日が始まろうとしていた。

走り出すと、さすがに足軽隊は騎馬隊から遅れ始めた。茂兵衛は当世具足に小具足を着け、槍を持ち、兜まで被っている。総重量は五貫（約十九キロ）にもなる。軽装の足軽たちが羨ましいほどだが、いざ敵とやり合うことになれば、その防御力には雲泥の差があった。

息が切れて、むしろ最前までの興奮を静めてくれた。冷静というほどではないが、生理的な苦痛に意識がいき、少しはものが考えられる。

(信玄の本陣は慌てとるはずだら)

茂兵衛たちの兵力はわずか二百だが、今までは森の中を静かに下ったし、今は枯れススキが姿を隠してくれている。

(見えない敵は、とかく大軍に見えるものだがね)

敵の動揺に乗じれば、思わぬ僥倖《ぎょうこう》が転がり込むものだ。大将信玄を討てるかも知れない。桶狭間を再現できるかも知れない。

ダダン、ダンダン。

ススキの原野から出た騎馬隊に、鉄砲が撃ちかけられた。

静かに行動したつもりでも、二百人からの部隊が移動するのだ。敵の斥候に発見されていたのだろう。ただ銃声を聞く限り、高々十数丁といったところで、大した数ではなさそうだ。

「ススキから出たら、後は乾いた田圃だら。身を低うして進め！　もうすぐだら！　今日でこの戦、終わらすぞ！」

茂兵衛は振り返り、配下の足軽たちに下知した。信玄さえ討ち取れば、武田勢は逃げ出す。桶狭間での今川勢もそうだったのだから。

「おう！」

喘《あえ》ぎながらも、皆が声を張り上げた。士気は高い。

ズシン。

前方から重く鈍い音が伝わった。戦場でよく聞く音だ。騎馬隊が全速力で敵陣に突っ込むと、その衝撃が音となって伝わるのだ。

（始まったな。やるまいか！）

と、槍を握りしめ、気合を入れ直して走りに走った。

四

ススキの原野を出ると、乾いた田圃がどこまでも広がっていた。

二町（約二百十八メートル）先で武田勢が方陣を作っており、徳川の騎馬隊百四十騎がさかんに突っかけている。散発的に銃声も聞こえるが、隊列を組んでの秩序だった斉射はもう止んでいる。最強といわれる甲州武士団も混乱、動揺しているようだ。

茂兵衛はこのとき初めて、武田の陣内に翻る風林火山の幟を認めた。

「おい、見えたぞ！　あっこに信玄がおるがや！」

真っ赤な日の丸御旗まで見える。もう間違いない。武田信玄晴信《はるのぶ》は、確かに今この場にいる。

（ええいッ、死んだれ！　信玄と刺し違えてくれる！）

茂兵衛の足軽隊は槍の穂先をそろえ、怒声を上げ、黒い塊となって、武田の本陣内へと突っ込んだ。

いきなり、酷い乱戦となった。

周囲は敵だらけ。槍で突く間も惜しく、ひたすら振り回し、斬り裂き、殴りつけた。平八郎は、同士討ちを避けるために符丁を確認したが、ここまで入り乱れると、合言葉どころではない。多分、茂兵衛は知らぬうちに、何人かの味方を殴りつけているはずだ。さらには、幾度か胴を槍で突かれた。しかし、朝倉《あさくら》の首なし死体から剝いできた桶側胴は堅牢そのもので、直槍《すぐやり》の刺突《しとつ》にもよく耐えた。風林火山の幟を目指して、前へ前へと遮二無二突き進んだ。

「があ！」

右手から若い足軽が打刀で斬りかかってきた。槍で受ける暇もない。そのまま首をすくめ、兜の錣か当世袖の辺りで斬撃《ざんげき》を受け止めた。

　ガシャ。

（たァけ。兜武者が刀で斬れるかい！　殺《や》る気なら刺してこんか！）

　もしこの男が配下の足軽なら、どやしつけているところだ。

　すかさず槍の柄で足を払って薙《な》ぎ倒した。いつもなら止めを刺すところだが、今は信玄が先だ。走り出そうとすると、倒れた足軽が茂兵衛の脛《すね》にしがみついてきた。蹴り上げると膝が足軽の顔を直撃し、今度こそ完全に失神した。また走り出そうとして、茂兵衛は息を飲んだ。

（風林火山が……う、動いとる！）

　信玄の本陣を示す旗印が遠退《とおの》いていく。久野城との間に展開する本隊の内部へと逃げ込む気だ。あるいは信玄も、桶狭間を連想し、慌てふためいているのかも知れない。

「信玄が逃げ出したぞ！　追え！　生臭坊主のケツに咬みついてやれ！」

　馬上で平八郎が吼えると、徳川の騎馬武者たちは一斉に馬首を風林火山の幟へと向けた。追撃だ。

　茂兵衛は、背後からの人の視線を感じて振り返った。

「あ」

二十人ほどの足軽、兜武者も数騎まじっている。辰蔵ら配下の足軽たちを含め、「茂兵衛の背中についていこう」と考えた者たちだ。戦場では、冷静で腕の立つ侍についていくのが、一番功名を挙げやすく、また安全なのだ。

「おまんら、騎馬武者衆の合印について走るぞ！」

信玄の旗印はどんどん遠ざかっていく。徒歩の茂兵衛たちからは、今はもうほとんど確認できないが、視点の高い騎馬武者衆からはまだ見えているはずだ。茂兵衛の小さな軍団は、騎馬隊の後を追って走り出した。

「茂兵衛」

「ん？」

辰蔵だ。元気な顔を見てホッとした。

「源治《げんじ》と末蔵《すえぞう》が死んだ。あと、丑松がおらん」

「源治と末蔵にはナンマンダブだら。丑松のことはええ。どこぞに隠れとるから心配せんでええ」

源治と末蔵は配下の足軽だ。二人とも腕のいい槍遣いで、源治は酒好き。末蔵は博打《ばくち》好きだった。

　本当は、丑松のことも心配だった。十人の配下を持ったからには、弟ばかりに気をかけるわけにはいかない。戦場では、夜目遠目の役目が済んだら、もう丑松は御役御免なのだから、戦闘中はどこかに隠れているよう、いつも言い聞かせてある。それが今朝に限って――

「兄ィ、俺も戦えるよ」

　と、血相を変えたのだ。出陣直前だったから、そのときは「ええから隠れとれ」と一喝したが、丑松は大丈夫だろうか。

「それからのう」

「うん？」

「やっぱ、首は獲らんのか？　首級がなきゃ手柄にはならんぞ」

「たァけ。お頭が『討ち捨てにせよ』とゆうたろうが」

「さっき、内藤隊の奴が兜首を獲っとったら」

「知らんがや！」

「早うに出世せんと、おまん、横山左馬之助《よしやまさまのすけ》に首を獲られるぞ？」

「あ、後にせい！」

　姉川で茂兵衛は、自分のことを父親の仇《かたき》とつけ狙う若武者に「十年で千石取りになってみせる」と誓った。平八郎が仲介に立ち「なれなんだら首を遣る」とも誓わされた。あれから二年、現在の茂兵衛は俸禄二十五貫だ。石高に直せば五十石ほど。千石までの道はまだまだ遠い。

ダンダン。ダンダン。

前方でまた銃声だ。

具足の背に結んだ白布が激しく揺れて、数名の騎馬武者が仰《の》け反《ぞ》って落馬した。敵の殿軍《しんがり》に撃たれたのだ。危機の中にあっても、混乱して見苦しく潰走するのではなく、殿軍の鉄砲足軽がちゃんと機能している。さすがは武田だ。さぞや立派な足軽大将なり、足軽小頭が率いているのだろう。

(武士たる者、かくありてェもんだがや)

と、心中で敵を称賛した。

振り返ると、二十名はまだ律儀についてきている。三箇野台を下って、もう四半里(約一キロ)は走り続けており、さすがに息が切れている様子だ。この辺は確か木原畷《きわらなわて》とかいう土地で、左右を見回せば干上がった田圃ばかりが続いている。

「ん?」

前方に異変を感じた。

先行していた味方の騎馬武者たちが急に馬を止めたのだ。

茂兵衛は振り返り、槍を水平に寝かせて突き出し、後続の足軽たちを制止した。

遠目に、平八郎と内藤がなにかを叫ぶのが見えた。すると騎馬武者たちは、次々に馬首を巡らし、こちらへ向けて駆け戻り始めたのだ。

「どうしましたら?」

「信玄の本陣は本隊に飲み込まれた。もう無理じゃ。おまんらも退け!」

顔見知りの騎馬武者が一瞬馬を止め、茂兵衛にそう叫んでから走り去った。

「ひ、退けって……」

騎馬武者たちは、立ち尽くす茂兵衛たちの間をドンドンすり抜け、撤退していく。

「も、茂兵衛、あれ!」

辰蔵の悲鳴のような声に振り向くと、五町(約五百四十五メートル)彼方から、総大将信玄を窮地に落とされたことで激怒した武田勢が全軍を上げて襲いかかってきている。まるで押し寄せる大津波のようだ。

今や茂兵衛が率いる集団は、徳川勢の最前線におり、完全に孤立していた。

「お、俺らが殿軍かい！」

絶望のあまり辰蔵の声が震えている。

ほんの今しがた、武田勢の殿軍の規律と勇気に感心した茂兵衛自身が、同じ立場に立たされるとは皮肉なものだ。

（わずか二十人、相手は大軍……馬も弓も鉄砲もねェでどうやって殿軍を務める？　無茶だら）

四半里（約一キロ）の彼方に目付台地の斜面が見えた。あそこからここまではるばる走ってきたのだ。鬱蒼《うっそう》とした雑木の森が斜面を覆っている。

「辰、あの森に逃げ込めば、なんとかなるら」

「ほうだ。でも随分と遠いど」

「各々《おのおの》、走れ！　森の中へ逃げ込め！」

腕を振ってそう叫ぶと、二十人の徳川勢は、我先にと駆け出した。

（俺らが四半里逃げる間に、敵は四半里と五町走らにゃ追いつけねェ。これなら逃げきれる。ただ、騎馬隊は話が別だら）

最後尾を走りながら、茂兵衛は振り返って後方を確認した。

やはり、足の遅い本隊を置き去りにして、十数騎の騎馬武者が突出している。いくら戦国期の馬が小柄で鈍足でも、人の足では逃げきれない。一歩走る度に、背後から蹄《ひづめ》の音が迫ってくる。すぐに追いつかれるだろう。斜面の森はまだまだ遠い。

「だめだ。逃げきれん！」

走りながら後方を窺っていた辰蔵が叫んだ。

茂兵衛は足を速め、足軽たちを追い抜いて先頭に立った。すぐに立ち止まって振り返り、先ほどと同じように、槍を水平に寝かせて突き出し、走る一同の足を止めた。

「槍衾《やりぶすま》だら！　この場に、槍衾を敷く！」

と、命じて、槍の石突《いしづき》で土の上に横線を引いた。

「よし」

辰蔵以下、十五名の足軽と二人の兜武者は命に服した。横一列に並び、片膝をつき、槍の穂を突っ込んでくる騎馬隊へと向けたのだ。ところが兜武者が二人と足軽が一人、槍衾に並ぶことなく、茂兵衛の槍を掻いくぐって逃げようとする。

「おまんら、それでも武士か！」

と、年嵩の兜武者を怒鳴りつけた。

「なんでワシらが、徒武者の指揮を受けにゃならんのよ？」

「なら、なぜ今まで俺についてきた？」

「ワシらが向かう先に、たまたまおまんがおっただけだら」

「……」

卑怯者はどこにもいる。腹を立てるだけ己が損だ。兜武者二人が逃げ去った後、こっそり、それに続こうとした足軽がいる。忠吉だ。

「こら忠吉、とっとと槍衾に並ばんか！」

と、睨みつけると、流石《さすが》に頭を下げ、槍衾の端に並んだ。

「ええか。槍の石突を深く地面にかませろ」

並ぶ槍衾の背後を右から左へとゆっくり歩きながら、無理に冷静を装い、低く抑えた声で命じた。

「穂先の高さは四尺（約百二十センチ）だら。人を狙うな。馬の胸を刺せ」

騎馬隊が突っ込んでくる。彼等が背中に背負う幟が目に入った。花菱だ。武田で花菱の騎馬隊といえば、勇猛で鳴る馬場美濃守信春《ばばみののかみのぶはる》の麾下である。

（また、選《よ》りにも選って……もの凄いのが相手だら）

運がいいのか悪いのか、茂兵衛は天を仰いだ。

十数騎が走りくる振動が、両足を踏ん張った地面から伝る。

ドドドドドド。

「糞が……し、死んだる！」

槍衾の列の中から、辰蔵が叫ぶ声が聞こえた。

騎馬隊が目前に迫る。面頰の奥で敵の両眼が血走っているのが分かる。誰もが怖いのだ。

「お、おっかァ……」

誰かが啜《すす》り泣き始めた。

「恐れるな！　死ぬときは、皆一緒だら！」

茂兵衛が叫んだ。騎馬隊が圧しかかってきた。

ドウッ。

胸を刺された五、六頭の馬が悲鳴を上げて棹立ちになり、鞍から武者を振り落とした。それを見た他の馬たちは立往生し、右往左往している。茂兵衛が敷いた槍衾は、武田騎馬隊の突撃を止めたのだ。

「三歩後ろへ！」

槍を構えたまま立ち上がり、槍衾は隊列を崩すことなく三歩退いた。まるで以前から共に訓練を重ねてきたような統制のとれた動きだ。おそらく、茂兵衛以外の小頭たちも、配下の足軽を厳しく指導してきたのだろう。

「五歩前へ！」

騎馬武者たちを揃えた槍の穂先で威嚇する。武者たちが怯み、及び腰になったのを茂兵衛は見逃さなかった。

「槍衾はこれまで！　今一度、森へ向かって走れ！」

そう叫んで、また走り出した。ここで戦えば、落馬した騎馬武者の数騎は討ち取れようが、そんなことをしていると武田の本隊に追いつかれてしまう。まずは逃げて生き延びることとだ。

「またんか、糞三河が！　ちょうすいちょ！」

と、怒鳴りながら一人が追ってきた。みれば——徒士《かち》だ。馬から落ちたのだろう、立派な兜武者である。兜の前立《まえたて》は銅製《あかがね》の蜻蛉だ。

甲州弁の「ちょうすいちょ」の意味は分からない。だが、糞三河は伝わった。

(蜻蛉野郎、言わせておけば……どうせ「ちょうすいちょ」だってろくな言葉じゃあるめェ)

走りながら、もう一度振り返ってみた。本当に一人だけだ。他の騎馬武者たちはまだ愛馬をなだめ、再度追撃態勢を整えるのに躍起になっている。ほんの一瞬だけなら、蜻蛉武者とやり合う余裕はありそうだ。ここで徳川兵の強さと意地を、武田側に見せつけておくのも、後々のために悪くはない。

（よし、一突きで決めてやる）

長びくようなら、勝負は預けて逃げ出すつもりだ。

ただ、蜻蛉武者は当世具足と小具足で身を固めている。茂兵衛と違って面頬に喉垂まで着用だ。たとえ槍の腕は茂兵衛の方が上でも、倒すにはそれ相応の時が必要だろう。

（一突きで決めるには……どうするかな？　よし、あれに賭けるか）

と、腹を決めて立ち止まり、追跡者に向き直った。蜻蛉武者は一瞬たじろいだが、槍を構え直し、さらに突っ込んできた。

「死ねッ！」

と、突きを入れてきた刹那、茂兵衛は見切った。

（ここだ）

突いてきた槍を太刀打の辺りで横に叩き、そのまま敵の面頬の口に穂先を突っ込んだ。

「ぐえっ」

と、鋭利な笹刃で喉の奥まで深々と刺し貫かれた蜻蛉武者は、血を吐きながら大の字になって倒れた。

十八の頃から、茂兵衛は毎晩千本、的に向けての槍の刺突鍛錬を欠かしたことがない。その的は、この八年間で随分と小さくなった。今では永楽銭を木から吊るした穴を狙える正確さだ。面頬の口と両眼、一瞬にしてどちらが大きいかを見切り、そこに穂先を突っ込む——茂兵衛ならではの芸当である。

再び最後尾を走りつつ、前方に目を遣れば、すでに味方の騎馬武者たちは斜面に到達し、次々と暗い森へ吸い込まれていく。茂兵衛たちも残り一町（約百九メートル）走れば森に辿りつく。

ところが、ここで態勢を立て直した最前の騎馬隊がまた追い上げてきた。蹄の音が次第に迫ってくる。一方で、走り通しの茂兵衛たちは疲労困憊《ひろうこんぱい》で足が動かなくなってきた。今にも背中を槍で突かれそうだ。

（こりゃ、もう一度槍衾が必要だら）

例によって、足軽たちを追い抜き、槍を水平にして突き出した。

「槍衾だら！」

と、声を振り絞ったが、幸い今回は誰も逃げなかった。整然と横一列に並び、片膝を突き、槍を構えてくれた。ほんの一回だけだが、槍衾での小さな成功、わずかな勝利が、足軽たちに勇気を与えていた。

「茂兵衛！」

背後から声がかかった。

振り向くと、森と槍衾のちょうど中間辺り、槍を抱えた騎馬武者が只一騎、馬を止め、こちらを睨んでいる。

「お、お頭……」

鹿角の脇立、黒具足に金色の大数珠《じゅず》――まごうことなき本多平八郎だ。

半町（約五十五メートル）離れているが、完全に目と目が合った。

「死ぬな！」

そう一声叫ぶと、平八郎は馬首を巡らし、斜面の森を目指して駆け去った。

「お頭こそ、どうぞご無事で。ナンマンダブ、ナンマンダブ、ナンマンダブ」

念仏が三回、思わず口を衝いて出た。

槍衾の列から、辰蔵を含めた幾人かの足軽が茂兵衛を振り返り、目を丸くしている。小頭《うえださま》と念仏——よほど不似合いらしい。

（あ、ほうか……今頃、分かったがね）

茂兵衛に、ある気づきが訪れた。

（称名とは己が御利益《ごりやく》のために唱えるものではねェ。他人様のためを思って唱える……それが本物の称名だら）

「穂先を上げろ！」

こんなときに、抹香臭いことを考える自分が滑稽で、可笑しくてたまらなかったが、配下には真面目に大声で命じた。

「きたぞ……ナンマンダブだら！」

もの凄い形相の騎馬武者たちが、再び圧しかかってきた。

五

陽が傾いた頃、ようやく平八郎は見付台地の西の端、天竜川へと下る一言坂へと差しかかった。前方半里（約二キロ）先に、大河の流れが望まれる。

見れば、天竜川の河畔で三千ほどの軍勢が渡河しようとして、往生しているではないか。

「おい三左衛門、ありゃあ殿かいな？」

「遠くて分からん。せめて旗指ぐらい読めればのう」

内藤は、背後を気にしながら答えた。敵の先鋒がすぐそこまで迫っている。

河畔の軍勢はおそらく、見付の陣を引き払い、浜松城へ向け撤退中の家康の本陣だと思われた。しかし、半里を隔てると旗指物までは見えない。家康だという確証はない。

「丑松！」

「へい！」

丑松は茂兵衛に言われた通り、信玄の本陣には突撃せず、森の中に隠れていたのだが、退却してきた平八郎に拾われ、ここまで同道してきた。茂兵衛や辰蔵がまだ帰ってこないのが心配な丑松は、先ほどから元気がない。

「あれを見よ！　あの軍勢の中に殿の旗印は見えるか？」

「へい、でもここからは見えませんら。木に上ってええですか？」

「たァけ、そんな暇があるかい！」

平八郎の傍らで内藤が焦《じ》れて怒鳴った。

「おい、金吾！」

と、平八郎が旗指足軽の下田金吾を呼んだ。

「へい」

「丑松を担いで、俺の馬に乗せろ」

「え、お馬に足軽を？　ええんですか？」

「たァけ、早うせえ！」

怪力の金吾が、軽量の丑松をひょいと担ぎ、平八郎の青毛馬《くろうま》の尻に乗せた。

「丑松、遠慮はいらん。ワシの肩に摑まって立て。立って物見せよ」

「へい、只今」

丑松は言われた通りに馬の尻に立ち上がった。非礼を詫びながら、平八郎の肩に手を置いた。

「見えるか？」

「へい、殿様の旗印が見えますら。葵の御紋の幟も沢山見えますら」

家康の旗印は「厭離穢土欣求浄土《おんりえどごんぐじょうど》」の八文字の大幟だ。漢字の苦手な丑松でも、その旗は知っている。

「やっぱ、そうか……え、えらいことだがね」

と、内藤は動揺し、平八郎の顔を見た。

平八郎隊と内藤隊は、三箇野台から木原畷にかけて信玄の本陣を追撃し、敵将信玄の首を狙ったが果たせず、今では逆に武田の大軍の猛追に遭っている。一里（約四キロ）ある見付台地を東から西へ撤退してきたが、敵の先鋒隊は、信玄の片腕と言われる猛将、馬場美濃守らしい。花菱の旗指物がすぐ後方に迫っていた。このまま馬場隊に一言坂を駆け下らせると、家康の本陣は、前を大河に後ろを大軍に挟まれ、壊滅するだろう。徳川家は終わる。

「この場に防御線を引く。ここで武田を食い止め、時を稼ぐ」

無論、時とは家康が天竜川を渡りきるまでを指す。

「おい正気か？　ここは坂の中頃じゃ。兵法に反する悪手だら」

寡兵が坂の中腹に陣取って、坂の上から駆け下る衆兵《たいぐん》を迎え撃つ——平八郎の奇策に、内藤が異を唱えた。

「ワシが人柱になる。この陣はワシの命で持たせる」

「お、おまん……」

覗き込んだ平八郎の目は、存外に落ち着いていた。自棄《やけ》になっているわけではない。家康を死なせないためにはどうするか——ただただ冷静に、合理的に考えた上で決意を固めたのだ。

「ま、おまんのようなたァけと組んだ、ワシの不運だら」

平八郎の決心を見てとった内藤も、ここで覚悟を決め、笑顔を見せた。

ただ、平八郎の決意の裏には、内藤の知らないある出来事が絡んでいた。赤兜に黒具足、小具足も鹵獲品ばかりのみすぼらしい甲冑姿——最前、この足軽上がりの小頭の振る舞いに感銘を受けたのだ。

植田茂兵衛は、押し寄せる敵の大軍を前に、わずか二十名ほどの雑兵を督励、幾度も槍衾を敷いていた。そのことで如何ほど敵の進軍を抑えこめたのかは疑問だが、少なくとも武田勢に、三河武士の規律と心意気を示せたのではあるまいか。その茂兵衛と、彼が率いた一隊は未だに追いついてこない。武田の大軍に飲み込まれたからには、嬲《なぶ》り殺しの目に遭っているはずだ。

(茂兵衛に恥ずかしい振る舞いだけはできん!)

そう念じて傍らを見れば、その茂兵衛の弟が馬の下から見上げている。

「こら丑松、おまんはもうええ。どこぞに隠れとれ」

「や、俺もお頭の側で戦いますら!」

と、槍を前に突き出した。

「よし、ええ了見じゃ。槍衾に並べい！」

平八郎隊と内藤隊、二隊合わせれば六十名からいた足軽は、半分の三十に減ってしまった。その三十人を二列に、一言坂の道を塞ぐように並べて槍衾を敷いた。前列は膝を突き、後列は立ったまま槍を揃えて突き出している。槍衾の後方では、百四十から百十に数を減らした騎馬武者衆が待機、平八郎の下知を待っていた。

一言坂の道幅は狭く二間（約三・六メートル）ほど、両側は深い雑木の森だ。武田が如何に大軍でも、広い原野で会戦するよりは幾何《いくばく》かの勝機がある。

坂の上に武田の先鋒隊が姿を現した。

やはり花菱の幟を背負った馬場美濃守の騎馬隊である。足を止めることなく、静々と坂を下ってきた。さすがは武田勢だ。凪《な》いだ春の海のように静寂そのもの。咳《しわぶき》一つ聞えない。

「三左衛門、後は頼んだ」

「おう、どうせすぐ、ワシもおまんを追いかける」

互いに面頬の奥で莞爾《かんじ》と微笑《ほほえ》み、二人の侍大将は頷きあった。

「平八郎、参る！　道を空けよ！」

そう叫ぶと、二列になった足軽隊の槍衾が左右に割れた。

「それ、突っ込め！」

青毛馬の鞍上、平八郎が長大な蜻蛉切を構えて飛び出すと、百十騎の騎馬隊が後に続いた。

一言坂の勾配は緩い。だらだら坂である。血気にはやる騎馬隊は坂道をものともせずに駆け上がった。応じて武田の騎馬隊も走り出す。その数、倍の二百。

ドカッ。

狭い坂道で、両軍合わせて三百騎が全速力でぶつかった。

乱戦である。平八郎は蜻蛉切をただただ振り回し、遮二無二進んだ。いちいち槍で刺している暇がないところは昼間の茂兵衛と同じだ。薙いで、叩いて、押し倒した。

なにしろ前へ。一歩でも前へ。

鞍上で敵の馬を蹴り、片手で騎馬武者の当世袖や錣を摑んで馬から引きずり落とした。一瞬、敵が怯んで退き始めたのが分かった。今が潮時だ。

「退け！　三河衆、槍衾まで退け！」

平八郎は馬首を回すことなく、敵を睨んだまま後退した。平八郎ほどの乗り手になると、馬を後ずさりさせることも可能なのだ。騎馬隊が戻ると、内藤の号令で槍衾が左右に割れ、騎馬隊を迎え入れた。

決死の徳川勢はさすがに強く、二度三度と武田の先鋒隊の猛攻を撥ね返した。攻めあぐねた馬場美濃守は、一隊を割いて坂の下へと回り込ませ、下方から平八郎たちに鉄砲を射かけさせた。坂の上には大軍、坂の下には鉄砲隊――万事休すである。

「平八、上か？　下か？」

と、槍衾を指揮する内藤が質した。

馬上の平八郎は天竜川の方角を見晴らした。半里彼方で、家康の軍勢が天竜川を渡り切るのが窺えた。すかさず平八郎は、蜻蛉切で坂の下を指した。

「よおし、ワシら二百騎、ここが死に場所と今決まった！　続け！」

敵の返り血で赤鬼の形相となった平八郎が叫ぶと、内藤三左衛門以下、寄騎同心が一つの黒い塊となって坂の下の鉄砲隊に向け突っ込んだ。これぞ後世に伝わる「大滝崩れの陣」である。

ダン、ダダン。

二十丁ほどの鉄砲が斉射され、五人の騎馬武者が悲鳴を上げて落馬した。鉄砲隊までの距離は半町（約五十五メートル）、次弾を装塡するのと騎馬隊が突っ込むのと、どちらが早いかの勝負である。

「鬨《とき》をつくれ！　弾込めの手を振るわせてやれ！」

平八郎が馬上で叫んだ。

徳川の騎馬武者たちが雄叫びを上げた。一言坂は駆け下るに丁度いい勾配である。人も馬も走る速さが増した。距離がドンドンつまる。鉄砲隊は目前だ。次弾の装塡は間に合わず、騎馬隊が突っ込む前に、鉄砲隊は左右に割れた。

「止まるな！　浜松城まで人も馬も足を止めるな！」

一言坂を一気に駆け下った一団は、そのまま天竜川を目指して疾風《かぜ》のように駆け去った。


その夜、十三夜の月が西の空へと傾いた頃、固く閉ざされた浜松城の玄黙口《ひがしもん》を、ホトホトと力なく叩く音がした。

疲労困憊の辰蔵であった。

十七人いたものが十三人に減りこそしたが、茂兵衛が指揮した一隊がようやく帰還を果たしたのだ。疲れ切った表情の寅八がいる。忠吉の左目が腫れているのは、槍衾から逃げようとしたことで、辰蔵から鉄拳制裁を食らった痕だ。

最後尾で城門をくぐった茂兵衛は、そのままフラフラと土壁の際《きわ》に寄り、ガクンと膝を折り、腰を落とした。壁に背を持たせたまま空の月を見上げ、ホッとしたように眠り——否、気絶した。


「小頭、植田さま」

翌朝早く、板戸を叩く音で目が覚めた。

「ん？」

玄黙口から家まで、どうやって帰ったのか、まったく記憶がない。

「もし、植田さま」

平八郎の中間《ちゅうげん》の声だ。名は——思い出せないが、なにしろ板戸を開けた。

「小頭、お疲れのところ恐縮ですが、お頭が是非お会いしたいと」

中間は、如何にもすまないという顔で、深々と茂兵衛に頭を下げた。

「お、お会いしたい？　お頭が、俺にか？」

違和感があった。

平素なら「すぐに参れ」「疾く来い」「ぐずぐずするな」と命ぜられるはずだ。

中間の口を経ても、平八郎の言葉の微妙な趣《おもむき》は伝わるものなのだが、今日に限って、妙に馬鹿丁寧である。

(ま、昨日の今日だからな。気を遣ってくれたんだろうさ。有難てェこった)

確かに、昨日は酷い戦だった。

命があったのが不思議なくらいで、事実、茂兵衛の配下から三人の犠牲者をだした。一日中、槍を持ち、甲冑を着て山中を走り続けたので、体の節々が熱を持ち、痛み、できれば寝ていたいところだが、上役であり、大恩ある平八郎から呼ばれては否も応もない。

床の間、付書院などが設《しつら》えられた書斎で平八郎と面会した。ただし、床は板敷のままだ。畳を敷きつめた今風の武家造りは、草深い遠州浜松には、まだ到達していない。

平八郎は、床柱《とこばしら》に背をもたせかけ、褥《しとね》の上に寛いで座っていた。

「よお、茂兵衛」

機嫌も悪くはなさそうだ。

「よう生きて戻った。や、昨日はお互い、詮無《せんな》い戦をしたのう」

「はあ、お頭も御無事でなによりですら」

平八郎と対面する位置に、華奢《きゃしゃ》で神経質そうな少年が一人座っており、礼儀正しく茂兵衛に振り向き、会釈してみせた。衣服からみても、上士の子弟であることは明らかだ。茂兵衛は彼の背後に畏《かしこ》まって座った。

「こちらは松平《まつだいら》善四郎《ぜんしろう》康安《やすやす》殿じゃ。明日から、二俣城に入られる。初陣だがね」

「初陣にございますか？　それは、おめでとうございます」

「有難うござる」

鼻にかかった甲高い声だ。背後に座る茂兵衛に、横顔を見せて会釈した。少女を思わせる端正な顔立ちだ。

松平というからには、徳川の親戚筋だろうに、茂兵衛のような下士を相手にしても偉ぶった様子は見えない。

（ええ感じの、若様だら）

茂兵衛は若者に親しみを覚えた。

松平善四郎は、今は落魄《らくはく》した大草《おおくさ》松平家の惣領であった。父の正親《まさちか》が桶狭間の前哨戦であった鷲津砦《わしづとりで》の戦いで、当時十三歳の平八郎の命を救い、代わりに討死したという。

「つまりよ。ワシにとっての善四郎殿は、殿の御一門の御曹司であること以上に命の恩人の忘れ形見というわけだら」

珍しく平八郎が神妙な面持ちで呟いた。

茂兵衛も夏目次郎左衛門の下で戦った三河一向一揆で、大草松平家は領地を失った。善四郎の祖父である当主が一揆側につき、敗戦後は家康に降伏することなく逐電し、所領を没収されたのである。今は善四郎を守るべき郎党もいない。平八郎の推挙で、世子である徳川信康《のぶやす》の小姓として仕え、病弱な母と四歳年長の姉と三人、つつましく暮らしているそうな。

「どうかな茂兵衛？」

「は？　なにがでございます？」

「だからよ。おまん、善四郎殿の寄騎になっちゃくれめェか？」

「よ、寄騎にございますか？」

平八郎は、頼りになる茂兵衛とその足軽隊を、善四郎の寄騎同心衆として二俣城へ派遣することを思い立ったのだ。

「傍らにいて善四郎殿を助け、できれば手柄を挙げさせて欲しい。こう見えて、弓の腕は相当なものよ。十間（約十八メートル）先を逃げる野兎を射止めた。ワシはこの目で確かに見たがや。どうだら？」

「そ、それは頼もしい」

　戦場に兎はいない。人間を射ることになる。

「なにせ病弱な母御と四つ上の姉御は、善四郎殿が初陣で手柄を挙げることを切に願っておられる。そこでおまんを選んだ」

「はあ」

「おまんなら、病弱な母御と四つ年上の姉御の期待に応えてくれるものと、ワシは信じとるがや」

「は、はあ」

　この件《くだり》をしつこく繰り返すところを考えれば、平八郎は「体を張って、死なんように護れよ。でも手柄は挙げさせろよ」と無理難題を茂兵衛に突き付けているようだ。

「では、それがしの力の及ぶ限り、御支え致したく思います」

「かたじけのうござる。宜しくお願い致します」

　若者がまた振り返り、丁寧に頭を下げた。

（なるほど。お頭が、俺を呼び出すのに、遠慮があったわけだら）

　お荷物となりそうな少年の頭を眺めながら、心中で溜息をもらした。

第二章　二俣城は渇く

一

一言坂《いちごんざか》の戦いの直後、その勢いで浜松城《はままつじょう》を囲むかに見えた武田勢だが、天竜川《てんりゅうがわ》を渡ることはなかった。そのまま川の東岸を北上し、匂坂城《さぎさかじょう》を攻めたのである。

匂坂城には、遠江《とおとうみ》の国人領主である匂坂氏が籠《こも》っていた。

匂坂一族は先代の長能《ながよし》以来武名の誉れが高い。当代の匂坂兄弟は二年前の姉川戦《あねがわのいくさ》のおり、大太刀を振り回す北陸随一の豪傑で、朝倉家の重臣でもある真柄十郎左衛門直隆《まがらじゅうろうざえもんなおたか》を倒したことで名を馳せた。

しかし、如何《いかん》せん匂坂城は小規模な平城だ。武田勢に、わずか一日で攻め落とされてしまったのである。降伏した匂坂兄弟に、信玄は寛容だった。兄弟は解放され浜松城へと入り、その後は家康により高天神城主《たかてんじんじようしゆ》、小笠原信興《おがさわらのぶおき》の寄騎として遇された。

信玄は奪ったこの城に、重臣の穴山梅雪《あなやまばいせつ》を城代として置いた。信玄の遠江での戦略目標は浜松城、掛川城《かけがわじよう》、二俣城《ふたまたじよう》の分断にある。智将穴山梅雪の起用は、三城の中間に位置し、どの城にも睨みを利かせ得る匂坂城を「重要拠点と見ている」証《あかし》であろう。

信玄の本隊二万三千は、匂坂城の北方二里（約八キロ）にある合代島《ごうだいしま》に本陣を敷いた。合代島は見付台地の北端に位置し、見晴らしがよく利いた。北西一里には二俣城があり「まずは腰を据え、二俣城から落とそう」との信玄の大方針が一連の配置にあらわれていた。

二俣城は、城の西を天竜川、東を二俣川が流れ、小高い岩山の上に立つ堅城なのだ。その攻め難い城に、城代の中根正照《なかねまさてる》以下、千二百名の徳川勢が決死の覚悟で籠っている。信玄が、慎重になるのも道理であった。

茂兵衛が率いる十人の足軽隊は、郎党のいない松平善四郎の寄騎同心として、一言坂の戦いの翌日（十月十四日）、善四郎に率いられて二俣城へと入った。

昨日の激戦で茂兵衛は、源治と末蔵と足軽をもう一人、都合三人の配下を失った。それを聞いた平八郎は、欠員三人の補充を速やかに実行、三人の足軽が新たに茂兵衛組の仲間として加わることになった。三人とも素人《しろうと》ではない。槍足軽として相応の経験を積んでいる古参兵だ。善四郎の身を案じる平八郎の気遣いが感じられた。

城代の中根正照は、徳川信康付の家老職であり、信康の小姓を務める善四郎とは旧知の仲だった。

「これは善四郎殿、いよいよ初陣にございますな」

支城の、それも重要な戦略拠点の城代を務める中根が、一介の小姓に過ぎない善四郎を恭《うやうや》しい物腰で迎えた。今は軽輩者でも、善四郎は家康の御一門たる名家の惣領である。重臣たちの善四郎に対する慇懃《いんぎん》な態度は、そのまま家康と徳川宗家への尊敬の表れといえた。

中根は四十代半ばの物静かな武将であった。

どこか面差しが、茂兵衛の旧主である夏目次郎左衛門《なつめじろうざえもん》と似ている。

武田勢の猛攻を受け続けるであろう辛い籠城戦の指揮を任されるのは、案外この手の人物なのだろう。外柔内剛とでも言おうか、中根にも次郎左衛門にも、荒武者や豪傑の印象はない。それでも事実として、次郎左衛門の指揮下にあったちっぽけな野場城《のばじよう》は、深溝松平《ふこうずまつだいら》の大軍に囲まれてもなお、五ヶ月の間耐え抜いたのだ。乙部八兵衛《おとべはちべえ》の裏切りさえなければ「まだ数ヶ月は持ったはず」と茂兵衛は今でも確信している。

例えば、平八郎のような荒武者は野戦での突撃や乱戦、また攻城戦には無類の強さを発揮するが、籠城戦の指揮はまた別物なのかも知れない。精神的な安定、辛抱強さ、穏やかさ、円満さ――失礼ながら、どれも平八郎には欠ける資質である。攻めの平八郎、守りの中根や次郎左衛門、適材適所、その配置を家康が間違うとき、徳川家は瞬時にして崩壊することになる。

「中根様、二俣城は聞きしに勝る堅城にございまするな。大手門への坂を上る折、善四郎、息が切れましてございます」

「ハハハ、左様か。殿はそれがしに、来年の一月まで、なんとか持ちこたえろと仰せになり申した」

今は十月だから、三から四ヶ月の内に二俣城が落ちなければ、信玄の本隊はともかく、三河《みかわ》や美濃《みの》に侵入している武田の別動隊が「もたなくなる」と家康は読んでいた。別動隊が追い払われれば、三河防衛に残してきた七千の軍勢が、家康の本隊と合流するし、信長も援軍を送りやすくなるだろう。信玄は撤退せざるを得なくなるはずだ。

「兵糧は半年分以上ござる。城兵の士気も高い。この城、滅多なことでは落ちませぬぞ」

中根が静かな自信を見せて微笑《ほほえ》んだ。

と、ここで中根の視線が、善四郎の背後に控える茂兵衛に移った。

「あ、この者は植田茂兵衛と申しましてな」

中根の視線に気づいた善四郎が、己が寄騎を紹介した。

「本多様が特に選んで、私の寄騎として付けて下さった足軽小頭にござる。本多様によれば槍を持たせても、足軽を指揮させても信頼のおける武士《もののふ》の由にございまする」

「ほう、それは頼もしい。植田とやら、よろしゅうにな」

中根は、善四郎の肩越しに、背後に畏《かしこ》まる茂兵衛に向け笑顔を見せた。

「ははッ」

と、茂兵衛は板敷に額をこすりつけた。

その日の午後、茂兵衛は辰蔵と忠吉を連れ、城の外を見て回ることにした。

茂兵衛と辰蔵は、籠城戦も攻城戦も豊富に経験している。二俣城を外から攻城側の目で見ることで、武田勢の攻め方や心理、また、城の弱点などを知っておきたいと考えたのだ。

北、東、南の三方は平地からの高低差が二十間（約三十五メートル）ほどある。木々を完全に伐採し、よく整地した土塁である。土の急坂を駆け上ってくる武田勢に遮蔽物らしきものはなく、城内からの鉄砲や弓の攻撃に延々と晒され続けることになる。南から北に三町（約三百二十七メートル）と防衛線が長い場所があるが、なにせ城兵が千二百人いる。満遍なく人を配置すれば、手薄な場所は作らないで済みそうだ。

出入口は南西側の大手門のみ。門までは、比高が十間（約十八メートル）の急坂が続いている。矢倉に飛び道具と人数をかければ、容易《たやす》くは上ってこれまい。

「ハハハ、こりゃ、武田勢でも往生こくがね」

辰蔵が、さも痛快そうに笑った。

「どれ、裏側にも回ってみるか」

大手門前の坂下から西に歩き、天竜川の河岸に出た。

「ま、こっちから攻める手はねェわ」

西側の守りにも辰蔵は太鼓判を押した。

川面からの比高が二十五間（約四十五メートル）ほどもあり、しかも急峻でほとんど崖だ。ここからは、さすがの武田勢も攻めたくはあるまい。

「おい、あれなんだら？」

と、茂兵衛は妙な物を見つけて指さした。

崖の斜面に沿って、望楼のような、櫓《やぐら》のような建物が屹立している。その基礎部分は天竜川の流れに洗われており、安定した構造物とは言い難い。そもそも用途が分からない。

「ありゃあ、水汲みの櫓だら」

事情通の辰蔵が説明した。

実は、二俣城には井戸がない。岩盤の上に建てた城なので井戸が掘れないのだ。仕方なく、川面に櫓を突き出して建て、そこから長い紐をつけた釣瓶《つるべ》を落とし、水を汲むようにしてある。

「なんと、まあ」

呆れ顔の茂兵衛に、辰蔵が付け足した。

「一応、雨樋《あまどい》やらなんやらで雨水《うすい》を集め、土に埋めた大甕《おおがめ》に溜める工夫はしとるらしいわ」

「ふーん……」

野場城は広大な菱池《ひしいけ》の湖畔にあったから、水に苦労した覚えはない。籠城戦で、水はとても貴重なのだ。飲み水としては勿論、火矢を射込まれたときの消火には大量の水が必要になる。土をかけて消す方法もなくはないが、やはり水が使いやすい。

（ま、御城代が水の便の不利に気づき、工夫もしとるらしいから、なんとかなるだろうさ）

「総じて堅城だがや。吉田《よしだ》や曳馬《ひくま》、掛川城よりは、よほど攻め難いだら」

「ほうか。歴戦の辰蔵兄《あに》ィがそういうなら、安心だら」

と、忠吉が言った。

辰蔵の見立てをじっくり聞いていたが、茂兵衛のそれとほぼ同じだった。

「どれ、戻るか？」

「うん」

茂兵衛が意味ありげに目配せすると、辰蔵が小さく頷いた。三人は踵《きびす》を返し、大手門へ向かって歩き始めた。

辰蔵は、茂兵衛の相棒であり、知恵袋である。城の周囲の検分に同道するのは当然だが、わざわざ忠吉を連れて回ったのには別の目的があったのだ。

「なァ忠吉よ」

「へい、小頭」

「おまん、籠城は初めてか？」

「へい」

「俺と辰蔵は五ヶ月の間、野場城に籠ったが、敵と戦う以上に、仲間内での結束が大事になってくるものよ」

「結束ですか？」

「ほうだら。狭い城内で長く顔突き合わせとるわけだからな。小さな諍《いさか》いが、城兵全体の不平不満に火をつけてみろ、戦《いくさ》どころではない」

「へえ、なんとなく分かります」

「おまんに言いたいのは、ただ一つだら。籠城中の盗みだけは止めとけ。ええな、これだけは胆に命じとけよ」

「へえ。でも、お言葉ですが……」

「こら忠吉！　『お言葉ですが』とはなんら……おまん、小頭に盾突く気か！」

横から辰蔵が血相を変えて介入してきた。

「や、でも俺ァ」

「な、なにが『でも』だ？」

辰蔵が激昂《げっこう》し、忠吉の胸倉を摑んだ。

(落ち着けって、辰蔵)

茂兵衛は相棒を目で制し、渋々、辰蔵はそれに従った。

「や、でも俺ァ、朋輩《ツレ》のものを盗《と》ったこたァ一度もねェですら」

辰蔵の剣幕に怯みながらも忠吉は必死に抗弁した。朋輩の物は盗らない——それが盗《ぬす》っ人《と》なりの矜持《きょうじ》なのだろう。

「たァけ。おまんの言う朋輩は誰だら？　茂兵衛組の足軽十人だけだろ？　籠城中はな、徳川勢は誰もが朋輩だ。おまんが朋輩の物は金輪際狙わんと誇るなら、城兵の持ち物はなに一つ盗まんけずだ、違うか？」

「そ、そらそうですら」

「俺とおまんの約定だら！　もう一辺、ちゃんとゆうてみい」

「籠城中、城兵の金品は一切盗まんです」

「誓うか？」

「へい、誓います」

「よォし」

この一言を待っていた。

一応、小頭として籠城の前に最低限やるべきことはやった。辰蔵に小さく頷くと、これまた小さく微笑んで返してきた。

（あ、辰の野郎……さっきの激怒は、ありゃ芝居か？）

茂兵衛は相棒の迫真の演技に、心中で喝采を送っていた。

二

茂兵衛たちが二俣城に入った三日後の元亀《げんき》三年十月十六日。未明から、物見か伝令と思しき騎馬武者が盛んに城門を出入りしており「これはなにかある」と、茂兵衛も他の小頭たちも、配下の足軽に早めの朝食を取らせ、身支度を整えさせていた。

果たして辰《たつ》の上刻（午前七時頃）、東方から、おびただしい数の人馬が動く音と振動が伝わってきた。城の東方五町（約五百四十五メートル）を北から南へと流れる二俣川を渡渉して、武田勢が凄まじいまでの陣容を現した。

平らな地面に、ごくゆっくりと大量の水を流してみる。水は徐々に広がり、地面全体を覆い尽くすだろう。それとよく似ている。武田勢は二俣城の周囲のわずかな平地に充満し、横溢した。

武田軍の使番が二俣城大手門前に姿を現した。威儀を正して中根に降伏を勧めたが、家康と信長の救援を信じる中根は、これを断固として拒絶した。

「お気持ち承った。後悔召さるな！」

そう言い残して使番は戻って行った。

さらに二日後の元亀三年十月十八日払暁《ふつぎょう》。

いよいよ戦機は熟した。大手門前の坂の下に二十名ほどの鉄砲足軽が居並んだのだ。

善四郎は征矢《そや》を二十四本挿した箙《えびら》を腰にかけ大弓《だいきゅう》を手に、喜々として大手門上の矢倉へと駆け上っていった。最も激戦が予想される大手門に配置されるよう、善四郎は中根に直訴したのだ。

「初陣だからと、安全な配置に遣られるのは無念。是非、一番の激戦地に！」

と、中根に平伏してみせた。

「しかし、大手門は……矢倉の上でも万に一つ、流れ弾に当たらんとも限りませぬ。御一門の御曹司にもしものことでもあればそれがしの責任……」

難色を示す中根に、善四郎は興奮気味にまくしたてた。

「葵の家紋をいただくそれがしが、先頭に立って戦ってこそ、城兵の士気は上がりましょう。御一門だからと、初陣だからと、弾も来ない安穏な配置におかれては、矢弾に晒される足軽雑兵たちはいかに思いましょうや?」

結局、中根は折れ、大手門に入ることを許した。

茂兵衛と丑松も善四郎に続いて大手門の矢倉へと上った。矢倉内は狭く、弓足軽や鉄砲足軽が多くつめており混雑している。茂兵衛配下の足軽たちは辰蔵が指揮を執り、矢倉の下での待機となった。

矢倉の上から見渡せば、二町（約二百十八メートル）先には鳥羽山《とばやま》が聳《そび》えており、坂の下とその間の土地のみが平地である。右手はすぐに天竜川だから、敵の大軍は狭い平地に密集し、大手門に殺到している格好だ。

茂兵衛は妙な振動を感じて足元を見た。

初陣の善四郎が興奮のあまり、その場で小さく飛び跳ねている。三日前、信玄の本陣に突っ込む直前、平八郎隊の騎馬武者たちが同じように飛び跳ねていたのを思い出した。

「凄い。本物じゃ。本物の甲州勢《こうしゅう》じゃ。武田信玄じゃ」

飛び跳ねながら、初陣の若者は小さく、唄うように口ずさんでいる。

「どこだ茂兵衛、風林火山の旗印はどこじゃ？」

なにせまだ薄暗い。夜目の利く丑松を急《せ》かし、敵の本陣らしき辺りに、風林火山や日の丸の幟《のぼり》を捜させたのだが、見あたらない。武田菱の合印旗指《あいいんはたさし》は無数にはためいているのに、目立つはずの信玄の旗印だけが見えないのだ。

「茂兵衛、なぜ風林火山がない？」

善四郎が質《ただ》した。言葉に険がある。

風林火山の幟が見えないことで、茂兵衛を責めているようにも聞こえる。礼儀正しい善四郎の、短気で我儘《わがまま》な一面を垣間見たような気がした。

「信玄は、来ておらんのでしょうかな」

と、答えながら、あまりに善四郎が矢倉の板塀から身を乗り出すので、茂兵衛は甲冑《かっちゅう》の肩口を摑み、彼を引き戻した。

「危のうござる」

「茂兵衛よ。一体、誰が攻め手の主将じゃ?」

「あっこに、総白の幟が見えますでしょ?」

傍らから、しわがれた声が介入した。

小柄な弓足軽であった。五十がらみ——や、もっと上かも知れない。大弓を小脇に抱え、穏やかな目で敵陣を眺めている。

「つまり、武田四郎勝頼《しろうかつより》様が攻め手の大将だということですら」

老弓足軽は、まるで独り言のように、のんびりと呟いた。

総白の旗とは白一色の幟を指す。武田家は甲斐源氏の嫡流《ちゃくりゅう》であり、あえて勝頼は源氏の白旗を己が旗印に選んだのだ。

「さらには花菱の幟も見える。あちらは馬場美濃守様の手勢ですがね。どちらも強敵ですら」

花菱の幟——五日前、茂兵衛を追い回した騎馬軍団だ。今思い出しても気分が悪くなる。

「そりゃあ面白い。勝頼と馬場美濃か……相手にとって不足はない」

と、呟いた若者の横顔がわずかに微笑んでいる。嬉しくて仕方がないといった風情だ。

（このお方は……まさか、楽しんどるのか？）

と、茂兵衛は呆れた。

善四郎はまだ十六だ。今の笑顔が、単に戦の現実を知らぬがゆえの無邪気さからくるものなのか？　あるいは、生まれながらに肚の据わった豪傑なのか？　さらには、人を殺傷することを快楽と感じる者なのかも知れない。彼の本質が何処にあるのかによって、今後の付き合い方、距離の置き方にも変化が生じてくるだろう。

ダダン、ダンダン。

坂の下で鉄砲隊が斉射した。いよいよ開戦である。

バタン、バタタン。

善四郎がわずかに首をすくめた。

城門や矢倉に敵弾が当たり、不気味な音をたてたのだ。特に、矢倉の板塀は薄いので防弾用に幾つもの竹束を括りつけてある。竹束は矢弾をよく防ぐが、着弾時の音は凄まじく、内部にいる者の心胆を寒からしめた。

「鉄砲隊、火蓋を切れ」

大手門矢倉の指揮官を兼ねる足軽大将が大声で命じた。この男が事実上、二俣城の副将である。

カチリカチリと鳴って、十人いる鉄砲足軽が各々の火蓋（安全装置）を前へ回して開放した。これで、引鉄を引きさえすれば発砲となる。

「よいか、坂の下に並ぶ鉄砲足軽を撃て。撃ち下げになるぞ。各自、通常より二寸（約六センチ）下を狙え」

足軽大将が鉄砲を構える横隊の背後を、ゆっくりと歩きながら大声で命じた。

撃ち上げは的よりやや上を、撃ち下げはやや下を狙う——射撃の心得である。

「狙え」

今度は低い声だ。ジッと狙う。矢倉内に緊張が流れた。

なぜか敵も攻めてこない。鉄砲を斉射した後は、鳴りを潜めている。

ちなみに、敵の鉄砲足軽を狙うのは、射撃の玄人《くろうと》を少しでも減らすためだ。素人の撃つ鉄砲ならさほどには怖くない。

「放て！」

ダン、ダン、ダダン。

狭い矢倉内に轟音が響き、善四郎が身を硬くした。硝煙が充満する。黒色火薬と呼ばれるが、火薬の見た目が黒いというだけで、煙の色は白い。

「弓隊、前へ」

前列の鉄砲足軽たちは、狭い矢倉の中で身を横にして、次列の弓足軽たちに場所を譲った。

火縄銃の場合、次弾の装塡には、熟練者が早合《はやごう》を使っても十呼吸やそこらはかかる。その間を埋め、敵の侵入を防ぎ、突撃を牽制するのが弓隊の役目だ。

果たして、矢倉側の発砲の直後、俄かに坂の下で鬨《とき》の声が上がり、武田勢が駆け上ってきた。次弾を装塡するまで、矢倉上の鉄砲隊は沈黙する。その間隙を狙っての突撃だ。

こういう場合には兜武者《かぶとむしゃ》も弓足軽たちと共に射るのが作法である。傍らの老弓足軽に促され、善四郎も弓に矢をつがえた。

「ほう重藤《しげとう》にございますか。美しいですら」

「うん……父の形見の四方竹《しほうちく》なのじゃ」

最前までの笑顔は消え失せ、緊張の面持ちで善四郎が応えた。槍のことしか知らない茂兵衛には、会話の内容は分からない。

「弓を引け！」

足軽大将の声に、一斉に弓を引き絞る。

「今少し息を静めよ。弓手《ゆんで》が動いとる。それでは当たる矢も当たらんぞ」

足軽大将が善四郎の構えを見て注意した。

「ははッ」

善四郎は深く息を吸い、ゆっくりと吐いた。不思議と弓手の動きが止まった。

（野兎と思って、気楽に射たらええんじゃ）

と、茂兵衛は心中で声援を送った。

「放て！」

善四郎を含め、八人の射手がヒョウと放った。

善四郎の矢は距離が足らず、武田が走る坂の地面に当たって大きく跳ねた。

「糞がッ！」

射損じた善四郎は苛つき、矢倉の板塀を乱暴に蹴った。

やはり癇癪《かんしゃく》持ちだ。さらに負けん気が相当に強いらしい。

弓足軽たちはすでに、次の矢を放たんとして弓を引き絞っている。善四郎も遅れじと、矢を弦につがえた。

「放て！」

次に放った善四郎の矢は、見事、坂を駆け上がってくる兜武者の腹に突き刺さった。この侍は、面頬《めんぼお》も喉垂《たれ》もつけていない。茂兵衛と同じ程度の軽い身分か。

「あ、当たった」

実感がわかないのか、呆けたように善四郎が呟いた。

彼の矢を受けた兜武者は、無理に刺さった矢を抜こうとしたが痛みで抜けない。そこで、鏃《やじり》を体内に残したまま矢柄《やがら》をへし折った。自分に矢を射込んだのが誰か、直感で分かるのだろう。憎しみに燃えた目で睨みつけ、奇声を上げながら、善四郎に向かい真っすぐ坂を駆け上がり始めた。

「うっ……」

その迫力に気圧されたか、善四郎が一歩後退した。背後にいた茂兵衛が、若者の体を抱き止め、兜に顔を寄せ、錣《しころ》越しに「あれは敵にござる。逃げずに、お倒しなされ」と強い調子で囁《ささや》いた。

その言葉に小さく頷くと、善四郎は素早く矢をつがえ引き絞った。狙いも早々に矢を放つ。

ヒョウ！

矢は、兜武者の喉に突き刺さった。

「グエッ」

今度はさすがに倒れ込み、坂を転がり落ちていった。

「善四郎様、お見事にござる」

「や、二度射て、二度とも的に当てられたら。旦那様、なかなかの射手《いて》だら」

傍らで老弓足軽が相好を崩した。

面頬の奥で、善四郎の目が照れくさそうに笑っている。息遣いはまだまだ荒いが、これでかなり肚が据わっただろう。

善四郎はその後もよく戦った。

朝、箙に入れていた征矢二十四本をすべて射尽くし、さらに一束を丑松に取りに遣らせた。終日矢倉上で矢を放ち、七人からの敵兵を倒した。七人を射殺したという意味ではない。鉄砲と違い、なかなか一矢必殺とはいかないからだ。それでも胴体のどこかに深く矢が突き刺されば、その武者の戦闘力はほぼ消失、乃至《ないし》は半減する。立派な戦果だ。

(よかった。初陣を乗り越えられた。ま、ぎこちないのは初日だけだら。もう心配ねェ。明日からはきっと、古強者《ふるつわもの》のようにお振る舞いになるがや)

元気よく弓を放ち続ける若者を背後から眺めつつ、茂兵衛は安堵に胸を撫でおろしていた。善四郎のためには勿論、平八郎に対する責任の一部がこれで果たせたような気がしていた。

三

二俣城内での暮らしは、掛川城を攻めたときや、野場城に籠ったときにくらべれば快適であった。小城でも臨時の陣城でもないから、建物も広く、頑丈で清潔だった。足軽たちこそ大部屋で雑魚寝《ざこね》だが、茂兵衛ら小頭には、それぞれに一室が与えられた。四畳半ほどの板敷の中央に、炉が切ってあるだけの小部屋であるが、それでも隣人に気兼ねすることなく手足を伸ばして寝られる。万《よろず》、文句の少ない茂兵衛には極楽に思えた。

籠城戦初日の夜、その宿舎に辰蔵と丑松を招いて濁り酒を楽しんだ。肴《さかな》は勝男武士《かつおぶし》である。削る手間を惜しみ、よくしゃぶってふやかしてから齧《かじ》る。決して不味《まず》くはない。

「い、一日で七人倒した？」

辰蔵は目を丸くし、手に持った土器《かわらけ》から酒を少し床にこぼした。

「ま、弓だからな。確実に討ち取ったという意味ではねェら。七人に当てたというぐらいの意味だな」

慌てて茂兵衛が訂正した。話が膨らんで広まり、善四郎が「法螺《ほら》吹《ふ》き」と笑われては困るからだ。

「そらそうでも、もの凄いことだがね」

「ほうだとも。凄いことだら」

嬉しそうに応えて、茂兵衛は辰蔵の土器に酒を注ぎ足した。

一日の戦いで一人の武者が、七人の敵を——討ち取らぬまでも、人事不省に陥《おとしい》れれば稀有な戦果である。槍や長刀、大太刀を得物とする限り、よほどの強《つわ》者《もの》でもなければ、とても挙げられない武勲だ。

「や、十六で、初陣で……ほう、善四郎様、大したもんだら」

辰蔵が、遠くを見るような目で独言した。

「背格好は俺と、さほどに変わらねェのにな」

と、小柄な丑松が情けなさそうに呟き、土器の酒をあおった。

「臆病や偏屈な御仁だったら『面倒見切れん』と心配しとったが、ま、あれなら大丈夫だら」

「ほうか。そら何よりだら。一応今は、善四郎様が俺らの御大将だからな。臆病、卑怯、根性悪の上役……どれもたまらんがね」

「ほうだ、ほうだ」

丑松が辰蔵の言葉に相槌を打った。

「善四郎様には、感状か恩賞がでるのかな？」

「や、それはねェら」

丑松の問いかけに、茂兵衛が首を振った。

武勲の評価には、証明が必要である。敵を討ち取ったり、または一番槍や一番乗りなら、首を持ち帰るなり、証人をたてるなりすれば証明は可能だ。

しかし、これが飛び道具になると事情は複雑になる。誰の矢弾が誰に当たったのか、その傷で敵は死んだのか、軽い怪我を負わせただけなのか——総じて、立証は困難だ。例えば、今朝、茂兵衛は、善四郎の矢を腹と喉に受けた敵兵が坂を転がり落ちていくのを見た。その証言もできる。しかし、彼は誰だったのか？　彼は死んだのか？　よく分からない。それでは褒賞の仕様もないというものだ。

勿論、例外もあって、掛川城での朝比奈《あさひな》泰朝《やすとも》狙撃のように「大久保《おおくぼ》四郎《しろう》九郎《くろう》が撃った弾が命中した」とはっきりしていれば、弓や鉄砲での戦果も、感状や恩賞の対象になる。

「今回の善四郎様の武勲は、乱戦の中で放った矢だからな」

「ま、よくやったと城代の中根様あたりからのお言葉を頂戴して、それで終わりだら」

松平善四郎が、なかなかの弓の遣い手で、卑怯者でも、偏屈者でもないことは、今日の戦いでよく分かった。同時に、癇癪持ちで、負けん気が強い部分も垣間見えた。

（あ、なるほど……それで気にしとったんか）

ここで、茂兵衛は思い当たった。

今朝、善四郎は相手の陣に信玄がいないことで気分を害していた。嫡子《ちゃくし》勝頼と猛将の馬場美濃守が相手だと知り、怒りは収まったが、その理由が分かったような気がしたのだ。

善四郎の姓は松平である。国守（徳川）の親戚筋としての自負が強く「なんとしても一旗揚げて、大草松平を復興させ、世間を見返してやりたい」との意識が強いのだ。大草松平の当主である自分の初陣の相手には、信玄か、せめて勝頼が妥当であり、有象無象の弱将では納得できない——そういうことだったのではあるまいか。

「体が小さくても、飛び道具なら関係ねェら。俺も弓を習ってみるかな？」

しばらく黙っていた丑松がボソリと呟いた。

「やめとけ。今さら習っても、大した腕にはならんがね。おまんは目がええんだ。自分の一番の武器で勝負したらええ。色々浮気したらだめだら」

と、辰蔵が窘《たしな》めた。

「善四郎様も、ガキの頃から必死で学んで、やっと矢が当たるようになったそうだら。丑松、おまんは目でいけ。迷うな。それが一番だら」

辰蔵の意見に茂兵衛も同調した。

総じて、弓の技術習得には時間がかかる。和弓は、弓の丈が長い。矢も大きく重い。当たれば威力は抜群だが、扱いが難しい武器なのだ。

「私は幼い頃から体が小さくてな。食も細く、病気がちだった。どうせ槍や刀や組打ちでは勝てぬのだから『いっそ、飛び道具でいこう』と割り切った。ま、鉄砲でもよかったのだが、それを買う銭が我が家には無かった。それで、弓を必死に学んだのよ」

矢倉上から宿舎への帰り道、茂兵衛が弓の腕を褒めると、善四郎は嬉しそうにそう告げた。

武器としての弓の威力は馬鹿にできない。

十七間（約三十メートル）以内なら、雑兵が使う具足の薄い鉄板など易々と貫通してしまう。さらには次弾の装填に手間と時間のかかる鉄砲と違い、速《すみ》やかな連射が可能だ。音がしないから隠れていればこちらの居場所は知れない。そもそも値段が安い。

総じて、とても有効な武器なのだが、鉄砲に主役の座を奪われかけているのは、一にも二にも、技術の習得が困難だからだ。

鉄砲なら、その辺の百姓を引っぱってきて十日も厳しく鍛えれば、そこそこの撃ち手となるが、弓の射手が一人前となるには、数年の稽古が必要だろう。つまり、弓の遣い手は量産できないのだ。質より量、数で勝敗の決まる戦国期の戦で、弓が重要性を落としていった所以《ゆえん》である。

今や弓は、鉄砲の補助、矢文や火矢を射込むための特殊な武器との認識が広がっているのは残念なことだ。

「なら弓は諦めるさ。でも鉄砲ならどうだら？」

「ま、鉄砲の方がちったァ身につきやすいとは思うがな」

「なら俺、鉄砲習うわ」

「な、丑松よ。おまんどうして、急にそんなことを言い出した？」

辰蔵が訝《いぶか》しげに丑松の顔を覗きこんだ。

「そら、善四郎様よ。俺と背格好が変わらねェお方がよ、一日で七人倒したって聞いたら、俺にもやれるかな？　って」

（や、丑松よ。それは嘘だら）

茂兵衛は弟が、善四郎に会う前から「自分も戦いたい」との意志を持ち始めていたことを知っている。善四郎の活躍は、むしろ後付けの動機だろう。

「ま、ええじゃねェか。やるだけやってみりん。籠城戦は気長な勝負になる。鉄砲を撃つ機会も多かろう。腰を据えて鍛錬できるがね。ほうだ。鉄砲足軽の小頭に頼んでやるら」

茂兵衛は弟に芽生えた「向上心の萌芽」のようなものを嬉しく感じ、応援する気になっていた。

「植田様？」

「おう、入れ」

板戸を開けて顔を覗かせたのは、城代中根配下で顔見知りの足軽であった。

「敵が夜討ちをかけてきよる気配がございます」

「分かった。すぐ行く」

三人は土器を置き、腰を上げた。

四

この時代の城の外見は、まるで巨大な土饅頭《どまんじゅう》である。

緑がなく、極めて殺風景であった。山城なら山の斜面を、平城なら土塁の壁を一木一草まで残さず刈り取り、丸裸にしてあった。攻城側に遮蔽物として使われたり、土塁を上る際の手がかりにされないための用心だ。

城の周辺も、鉄砲の弾が届く範囲にある樹木はすべて伐採され、資材用や燃料用として城内へと運び込まれた。

二俣城の東側は平地からの比高が二十間（約三十五メートル）もある。

城が立つ山の急峻な斜面はほとんど崖のようだが、ここも当然、切株はおろか雑草すら丁寧に抜かれていた。剝《む》き出しの土壁はつるつると滑り、いかにも上り辛そうだ。この急坂に難儀しているところへ、上から鉄砲や弓矢を浴びせかけられたら、いかな武田の大軍でも閉口しそうであった。

開戦初日の印象では、まさに難攻不落で、武田勢は明らかに攻めあぐねていた。その夜の内に、いきなり夜討ちをしかけてきたのも、城の攻めどころを早く見つけておきたい、との攻城側の気持ちの表れであろう。

矢倉の上は、松明《たいまつ》が幾本も焚《た》かれ、煌々《こうこう》と昼間のように明るかった。闇に乗じて坂を這い上ってくる武田勢を照らし出そうとの考えだろうが、逆に、目が暗さに慣れず、忍び寄る敵の姿がまったく見えない。夜戦では、むしろ自分のいる場所は暗く保つのが心得のはずだ。

「消せ！　松明を消せ」

矢倉の指揮を執る足軽大将が大声で呼ばわり、松明は一斉に消された。瞬間、墨を流したような暗闇が矢倉を包んだ。

「な、なにも見えんがや！」

「敵が見えんと撃てん！」

矢倉のあちこちから不満と恐れの声が上がる。

「騒ぐな！　すぐに目が慣れる！」

茂兵衛が叫んだ。

「今宵は十六夜月《いざよいづき》だら。もうすぐ東の空に、でっけェ月が出よるがね」

時刻は戌《いぬ》の上刻（午後七時頃）あたりであろうから、周囲の山々に隠されているだけで、月はもうすでに出ているはずだ。

ズリッ。ズリッ。

坂の下から、重たい物を引き摺るような音が湧き上がってきた。

「なんの音だら？　おい丑松、坂の下を見てみりん」

「うん」

と、夜目の利く丑松が闇の中で身を乗り出した。

「あれ、奴ら、竹束持ってきよったがね」

弾避けの竹束を並べて簡易な陣地を作り、それを前に押しながら、少しずつ城門に迫ろうとの策だ。

「善四郎様？」

「おう、ここにおる」

「火矢を使われたことはおありで？」

「……ない」

「火矢を射込めば、竹束は燃えます」

たとえ小さくとも闇の中の炎はよく目立つ。それを目当てに矢弾を集中させれば敵も閉口するだろう。

「なるほど、射たことはないが、的が大きいから当たるだろうさ」

「おい、火矢の準備をせい」

弓足軽に命じた。

（ん？）

大分、目が闇に慣れてきて、人影がぼんやりと見える。足軽大将が茂兵衛の方を見ている。

（で、出過ぎたか？　まずい、僭越《せんえつ》だったら）

足軽大将のことを思い返してみた。四十絡みの大柄な侍だ。名は確か、青木貞治《あおきさだはる》とかいったと思う。信康公の側近で、今回は岡崎城《おかざきじょう》から直接二俣城に入った。善四郎とは顔馴染みのはずだ。

（ま、ええわ。火矢の準備だけだら。ただ今後は、善四郎様を通じて発言した方が無難かも知れんな。やれやれだら）

迂遠《うえん》な話だが、卑賤《ひせん》の身分から取り立てられた者への侍衆の妬み、反感は座視できない。根深いものがある。下手をすると味方の中に敵を作ることにもなりかねない。ここは慎重に振る舞うことが肝要だ。

火矢の準備はすぐにできた。善四郎が燃える矢を弓につがえた。

「丑松、竹束の在り処を善四郎様に……」

「や、無用じゃ。目が慣れた、私にも薄《うっす》らと見える」

そう言って茂兵衛と丑松を制し、矢を引き絞り、ヒョウと放った。

矢は竹束に命中し、小さな炎が揺らぎ始めた。

「ははははッ、当たったぞ、茂兵衛」

「お見事にございまする」

「よし、あの炎を目当てに、矢弾を集中させよ！　火矢もどんどん射込め！」

これは青木の声だ。

足軽大将の声に、茂兵衛の僭越な振る舞いに対する妙な対抗意識は感じられなかった。この男、さほど因果な性質ではないのかも知れない。

十丁の火縄銃が竹束に撃ち込まれ、けたたましい音をあげた。

「おい、そこのお前」

青木の声に呼ばれた。

「はッ」

やはり先ほどの出過ぎた行為を、窘《たしな》められるのかと辟易したのだが、違っていた。

「名は？」

「植田と申します」

「御先手役か？」

「はッ。本多平八郎様の組下で、足軽小頭を務めております」

青木は茂兵衛に、槍足軽を率いて城門の外へ「打って出てみないか」と持ちかけてきた。山城のこととて、二俣城の城門前に馬出曲輪《うまだしくるわ》のような設備はない。もし城兵が城内から押し出して戦うとなれば、これは決死隊になる。敵に押されて茂兵衛たちが城門まで逃げ戻ってきても、門扉《もんぴ》を開けるわけにはいかない。その場合は見殺しにされる。

一方で、決死隊の奇襲が奏功し、攻城側の竹束陣地を蹴散らして悠々と戻れば、城兵の士気は大いに上がり、攻め手は意気が削がれるだろう。

「是非、やらせていただきます」

「よし、殊勝である。ワシの槍足軽を十名おまえに預ける。存分に使え」

「かたじけのうございます」

青木に一礼し、駆け出そうとした茂兵衛を誰かが抱き止めた。

「おい、茂兵衛！」

善四郎であった。小柄な善四郎と大柄な茂兵衛では身長差が一尺（約三十センチ）以上もある。

「当然、私も行くぞ」

「善四郎様は……この場から、弓矢で援護して下され」

「おまえは私の寄騎であろう。私の命に従え！　行くと言ったら行く！」

困惑した。

危険な夜戦だ。しかも城門から打って出る決死隊である。平八郎から預かった大事な御曹司を同道するわけにはいかない。

「善四郎様、我が弟は、槍足軽としては務まりませぬが、よく利く夜目遠目で御奉公しております。今は貴方様に触発されて鉄砲も習おうとしております。人はそれぞれに得手不得手がござる。それがしに弓は扱えません。善四郎様が槍を持って戦われるのと、弓で敵を射倒すのとで、どちらが御家のためと思われますか？」

「そうは参らん。私一人が矢倉《ここ》に残ったと知れたら、臆病者と笑われる」

「善四郎様を笑う奴がいたらそれがしにお報せ下さい。とっちめてやりますら」

「兄ィは渥美《あつみ》の在所にいた頃からそれ専門で、身内がコケにされると、笑った奴をブン殴ってましたら」

「よ、余計なこと抜かすな！」

と、拳固で丑松の鉄笠をゴンと殴った。

「み、身内か……」

善四郎がそう呟いたとき、東の山の端から、明るい十六夜月が顔を覗かせた。暗い矢倉の中に一条の月光が射し込み、善四郎の端正な顔を照らした。

「あの、善四郎様、なにせバカの申すことでございます。殿様の御一門の貴人を、それがし、身内などとは金輪際……」

「よし茂兵衛、ここから私が弓で援護してくれる。とことん暴れて参れ！」

「え？　あ、ははッ」

と、事情が分からぬままに頭を下げた。

青木からは、鉄砲の斉射に引き続き、弓隊の斉射、その直後に「城門を開けて突っ込め」との詳細な下知を受けていた。

茂兵衛は城門内に、十九人の足軽を二列横隊に整列させた。二十人に一人足りないのは、例によって丑松が欠けているからだ。城門前の坂道は故意に道幅を狭くしてある。横に十人が並ぶと一杯一杯だ。槍先を揃え、ここは定石の槍衾《やりぶすま》で突っ込む策である。茂兵衛は横隊の背後に陣取り、笹刃の持槍を立てた。

ダダン。ダンダンダン。

頭上の矢倉で、鉄砲隊が斉射した。

「開門！」

重く軋んで抗う門扉を、騙しだまし数人が押し、左右にゆっくりと城門が開かれた。

ヒョウ。ヒョウ。

聞き慣れた弓が放たれる音が、月明かりの中で一斉に響いた。

「よし、突っ込め！」

十九名の槍足軽が穂先を揃え、槍衾の陣形を崩すことなく、坂道を駆け下り始めた。

「鬨をつくれ！」

「ウオーッ」

敵の竹束は、城門から二十間（約三十六メートル）の地点まで近づいていた。下り坂だ。走れば二呼吸しないうちに着く。

竹束の中から怯えた顔が覗いた。まさか城門を開けて突っ込んでくるとは思いもしなかったのだろう。天下無双の武田勢も、さすがに槍衾は怖いのだ。

「や、槍衾を作れ！」

と、竹束の中で誰かが叫んでいる。

槍衾に襲われたら、こちらも槍衾を作って応戦するのが心得だ。しかし、さんざん矢倉からの矢弾に射すくめられており、武田勢に整列する余裕はなかったようだ。

茂兵衛指揮下の槍足軽隊は、竹束の陣地を蹂躙《じゅうりん》した。

竹束の陰に隠れていた武田勢が不利を悟り、坂を駆け下って退却し始めた。当然、転ぶ者が続出し、団子となって坂を転がり落ちていく。城の城門が開いたのを見て、坂を上ろうとする新手もあったが、転がり落ちる者と坂を上ろうとするものが味方同士で鉢合わせ、二進《にっち》も三進《さっち》もいかなくなっている。

「よし、深追いするな！　もう十分だ」

茂兵衛は、取り残された竹束をその場で解体した。竹を縄で束ねているだけだから、縄さえ切れば簡単にバラバラになるのだ。バラバラになった竹をその場にぶちまけ、槍足軽隊は意気揚々と城門へ引き上げた。

その後数日の間、放置された竹を回収する者はいなかった。そんなことをすれば、矢倉から狙い撃たれるだけだ、坂道に散乱する竹に足をとられ、登坂する攻城方は大いに苦しまされた。

五

籠城を始めた十月には見ごろだった紅葉もすでに散り、今は冬至が近い。

開戦からひと月経っても、二俣城が落ちる気配はなかった。要害《ようがい》の地に立つ堅《けん》固《ご》な城である上に、城兵の数が多い。多いだけでなく、士気が高い。

しかし、それにしてもだ。

最強との呼び声も高い武田勢が、城兵の十倍の人数で攻めて、それでも落ちないというのは、城兵側の茂兵衛としても、どこか腑に落ちない気がした。

「二俣城《ふたまたのしろ》だけの話ではないそうだら」

交際上手でそつが無く、どこからでも情報を仕入れてくる辰蔵が、茂兵衛に声を絞って囁いた。

「犬居城《いぬいじょう》は勿論、只来城《ただらいじょう》や天方城《あまがたじょう》、匂坂城も信玄は一日で落とした。ま、甲州勢は確かに強い。ただ、問題はその後よ」

「ほう、どう問題だ？」

「信玄は降伏した城兵に、いたく寛容だというのさ」

「寛容だと？　あの信玄がか？」

「うん。誰も殺さぬし、人買いにも売らん。解き放って浜松に返すそうだら」

辰蔵が渋い顔で呟いた。

武田勢の強さは誰もが認めるが、彼らの寛容さなど聞いたことがない。敵に対しては残忍で冷酷、容赦のない印象が強い。

「信玄の奴は、後々のことを考えて寛容に振る舞っとる。騎馬武者連中はそう言っとるがね」

「後々のことってなんだら？」

「つまりな……」

辰蔵の情報源である騎馬武者たちの読みは冷徹であった。

信玄はすでに戦の趨勢《すうせい》を見切っているというのだ。早い遅いはあっても、やがて必ず徳川は潰せる。遠江と三河が信玄の支配下に入った後、土着の国衆、地侍が武田勢の情け容赦のなさに恨み骨髄だと、新領国の経営に支障をきたしかねない。そこで信玄は、彼と彼の軍団の残忍な本質を糊塗《こと》し、今の内から寛容な武田勢を自ら演出しているのではないか、というのだ。

「なるほど。確かに名にしおう武田勝頼にしては、そうそう強引に攻めては来ねェなァ。遠巻きにして眺めている風もあるら」

「まさにそこよ。信玄《おやじ》から因果を含められとるのさ。二俣城は家康公《とのさま》が自ら指図した重要拠点だら。籠っとるのは生粋《きっすい》の三河人ばかりで遠江の国衆や地侍は入っとらん。もし武田勢が二万で力押ししてくれれば、城兵は最後の一人まで戦う。結果、千二百人のすべてが城を枕に討死ということも考えられる。『武田は酷ェことしやがる』と思われたくねェのさ」

「俺らの方から降伏し、無血開城するのが理想だと?」

「おう、そうらしいぜ」

と、辰蔵が頷いた。


ある日の午後、茂兵衛と足軽大将の青木貞治は、矢倉の隅に腰を下ろし、焼飯《やきいい》を齧《かじ》りながら、暇つぶしに世間話をしていた。

このひと月、青木と茂兵衛は大手門矢倉の防衛戦で共闘してきた。激しい戦闘にはその人の本質や人間性が如実に現れる。青木と茂兵衛は、いつしか互いに深い信頼を寄せあう関係性を築いていた。

「案ずるな。善四郎殿も戦陣を重ねるうち、自然と武者らしくなるさ」

青木は矢倉内を見回し、他人《ひと》の耳がないと確認した上で、茂兵衛に囁いた。

「ま、そうでございますが」

このところ数日、武田勢の攻撃がない。侍たちは「油断致すな」と配下の足軽を叱咤《しった》するのだが、やはり城内の気分は緩みがちとなっている。

「善四郎様は、遠くから弓で射殺すのみで、実際に斬ったり、突いたりの経験がございません。生身の戦は知らぬも同然」

「ならば、経験させればよい」

「槍や刀では、遅れをとるかと……なにせ、あの通りの小兵《こひょう》にござれば」

「うむ。それは仕方ないのう」

茂兵衛は、平八郎から託された善四郎を、一端《いっぱし》の武士《もののふ》に育て上げたいと思っている。しかし、善四郎の表情は少年のそれのままで、戦国武者の面魂《つらだましい》がなかなか備わってこない。敵と相対し、格闘させれば少しは鍛えられるとも思うのだが、小柄な御曹司を危険な目に遭わすことも憚《はばか》られた。そこで経験豊富な青木に意見を求めてみた次第である。

「一つ忠告するがな。茂兵衛よ、お前は手をかけ過ぎるぞ」

「はあ」

「お前は善四郎殿の寄騎であって、親でも師匠でもないのじゃ。もう少し突き放すがよい。転びそうになったときだけ、手を貸す。それで十分に人は育つ」

「な、なるほど」

それにしても「親でも師匠でもない」とは痛い所を突かれた。

(誰の目にも、俺ァ甘ちゃんに見えるんだろうな)

「お前の弟な」

「丑松ですか?」

「鉄砲小頭に鍛えられとるぞ。小突かれて泣きながら鉄砲撃っとったわ」

「それがし、遠慮なく鍛えてくれと頼みましたから」

「結局、それが丑松のためになるんじゃ」

「そうですな。それがし、善四郎様に少し甘かったのかも……」

「少しではない。お前は、大甘じゃ」

と、青木が笑った——そのときだった。

ガコン、ガコン。ギギギ、ガコン。

俄かの異音――否、轟音が響いてきた。

城の西側、崖の下を流れる天竜川からだ。

「なにごとじゃ？」

「じ、尋常な音ではござらんな」

大手門矢倉の中でも動揺が走った。

轟音はしばらく続いた後、やがて静まった。

「おい、辰！」

茂兵衛は矢倉の階段を駆け下り、彼に代わり八人の槍足軽を率いている辰蔵に声をかけた。

「誰でもええ、一人貸せ」

茂兵衛は庄助《しょうすけ》という足軽を連れ、城の西側へと走った。

木原畷《きわらなわて》から一言坂に至るわずか一日の戦闘で、茂兵衛は配下の足軽を三人も失った。この若者は、平八郎が急遽補充してくれた槍足軽三人の内の一人である。

城の西側には、天竜川を見下ろす崖が連なっていた。

「あ、ない！」

茂兵衛は思わず声をあげた。

流れに突き出すようにして、崖の急斜面に沿い、脚の長い水取櫓が設えてあったのだが、それが忽然と姿を消している。

「こ、小頭……」

庄助が川下側を指さした。

「あ、櫓だら」

倒壊した水取櫓の残骸だ。天竜川の流れに揉まれつつ、下流へとゆっくり流されて行く。

二俣城の地下は強固な岩盤で、城内には井戸がなく、水は眼下を流れる天竜川に、水取櫓から長い紐をつけた釣瓶を落とし、汲み上げて取水していた。そこに目をつけた勝頼は、川の上流で大筏《おおいかだ》を幾つも組み、それを一気に流して、取水櫓の基部を破壊し、櫓ごと倒壊させたのだ。

武田方の狙いは明白だった。

二俣城をなかなか落とせないことに業を煮やし、半ば力攻めを諦め、水源を断つ策に切り替えたのだ。城を乾上《ひあ》げるつもりだ。

陰暦の十一月中旬は、太陽暦に直せば十二月で、雨が少ない。夏ほどの汗はかかないものの、戦をすれば喉は渇く。火矢を射込まれれば水をかけて消火せねばならない。籠城戦には大量の水が必要なのである。水取櫓を壊された今となっては、地下の大甕に貯めてある澱《よど》んだ水だけが頼りとなった。

茂兵衛たちは敵と戦うと同時に、喉の渇きとも戦うことになるだろう。

大手門に戻り青木と善四郎に顛末を報告した。

「信玄の奴め。水取櫓を壊したのが本日であったのは、偶然ではあるまい」

青木が嘆息し、東の方を指さした。

城の東方五町（約五百四十五メートル）を流れる二俣川を「巨大な赤い塊」がこちらへと渡ってくるのが望まれた。

「あれは？」

「丑松によれば、揃いの赤い甲冑を着けた集団であるそうな」

「赤い甲冑？　あ、赤備えにござるか」

武田の赤備え――見るのは初めてだが、茂兵衛にも聞き覚えがあった。信玄麾《き》下《か》の有力武将である山縣昌景が率いる最精鋭部隊である。騎馬武者中心の機動部隊で、兜や鉄笠、当世具足、小具足に至るまでが朱色に統一されており、武田騎馬隊の強さの象徴ともなっていた。

「まちがいねェですら。桔梗紋《ききょうもん》が見えますら」

姿の見えなかった丑松の声が矢倉の上から響いてきた。青木に言われ、物見のため屋根に上らされたのだろう。

「桔梗なら、山縣昌景の家紋に相違ない」

横から善四郎が注釈を加えた。

山縣は兵五千を率い、九月二十九日に東三河へと侵攻していた。ここ二俣城同様に徳川方の生命線ともいえる長篠城《ながしのじょう》を落とし、信玄の本隊に合流したものと思われた。

山縣隊が合流したとすれば、美濃に侵攻していた秋山虎繁の二千のみが、単独で敵地に居残っているとは考えにくい。秋山隊も信玄本隊に合流したはずで、武田勢の総数は、北条からの援軍二千を加えて、都合三万に膨れ上がったことになる。

「水取櫓を壊されたその日に、新たな強敵が包囲に加わる……我らとしては泣きっ面に蜂じゃ。ま、信玄は城兵の気持ちを圧し折りにきとる。そういうことであろうさ」

と、青木が嘆息を漏らした。

六

（ひ、柄杓《ひしゃく》五杯では、さすがに足りんがね）

茂兵衛は、心中で愚痴をこぼした。

一日に一人頭、柄杓の水が五杯ずつ——およそ五合（約九百ミリリットル）だ。それだけで辛抱するよう、城兵はきつく言われている。

天竜川からの取水ができなくなった以上、早晩危機的な事態に追い込まれることは誰にも予想がついた。しかし、実際にそうなってみると、毎日汗まみれ、血だらけになって攻城側と渡り合わねばならない城兵たちは、予想を超えて渇《かっ》え、弱っていった。

城兵の数は千二百人だ。雨水を雨樋《あまどい》で集めて貯める大甕の水は、見る見るうちに減っていった。

たまに雨が降ると、城兵たちは兜や鉄笠の開口部に栓をして雨水を貯め、渇いた喉を、わずかに潤そうとするのだが、敵はそれを見越して攻めてくる。朝でも夜でも、雨が降ると必ず攻めてくる。敵が来れば、城兵たちは戦をせねばならぬから、兜や鉄笠を脱いで水を貯めるわけにもいかない。

「ハハハ」

「こら茂兵衛、なにが可笑しい！」

辰蔵が、相棒の不謹慎な笑いを叱った。

「す、すまねェ。でも滑稽じゃねェか、雨のたんびに攻めてくるって、御苦労なこった」

「滑稽じゃすまねェ。御苦労でもねェ。ワシらには切実な問題だがね」

「ま、そらそうだ」

「そもそも、武田の奴らは底意地が悪い」

辰蔵が忌々《いまいま》しげに唾を地面に吐いた。

攻め寄せた武田勢が撤収するとき、矢弾の届かない場所までくると彼らは一斉に足を止める。その場で城の方角に向き直り、城兵たちに見せつけるようにして、竹の水筒から心行くまで水を飲むのだ。そして、残った水をその場にぶちまけて大笑いをする。城兵たちは喉を鳴らしながら、敵の寸劇を羨《うらや》ましそうに眺めるしかない。

「甲州の山猿共が、下手な田舎芝居を……反吐《へど》がでるら」

「他に攻め手がねェもんで、そんな嫌味をしやがるのよ」

「士気も下がるがね」

「たァけ。それじゃ敵の思う壺だら……じきに家康公《とのさま》が救援に駆けつけてくれるわい」

そう相棒を励ますのだが、浜松城にいる家康の手勢は六千ほどしかいない。合代島の本陣と合わせれば三万の大軍に膨れ上がった武田勢に対して、手の施しようがないのではあるまいか。現実的に考えて、救援隊がくる希望は、ほとんどなかった。

ただ、それでも城兵が頑張っているのは、城代中根の人徳によるものと思われた。中根の偉いところは、城代である自分自身から雑兵の端の端に至るまで、一律に柄杓五杯を厳格に分配していることだ。この手の籠城戦では、些細な不公正や不公平が大きな諍いの種になりかねない。

たとえ不満を募らせる足軽たちがいても、小頭あたりから——

「御城代も足軽大将も、皆おまんらと同じ量しか口にしておられんのだがや。ちったァ辛抱せい」

そう窘められると、誰も黙らざるを得なかった。

「俺ァもうええわ。十分飲んだら。兄ィ、飲んどくれ」

と、丑松が柄杓を茂兵衛に差し出した。

「たァけ。ちゃんと飲んどけ。体を壊すと、鉄砲も当たらんぞ」

「でもよォ。俺の目方は兄ィの半分ぐらいだから、水も半分で済むんだがや」

「う、丑……」

弟の気持ちが泣きそうに嬉しく、有難かったが、丑松自身も喉を渇かせていることは茂兵衛は百も知っている。

「すまんな丑松。おまんの気持ちだけ有難くいただいとくわ」

と、柄杓を押し戻した。


水不足は誰もを苛つかせ、あちこちで小さな諍いが頻発した。

「え、銭を盗られた？」

「ほうだら。寅八の永楽銭三百文（約三万円）が無くなった。寅八の奴が露骨に忠吉を疑うもんで、酷い殴り合いになったら」

弓が得意の善四郎に付き添い、始終矢倉につめている茂兵衛の留守を預かり、茂兵衛組を率いている辰蔵が、相すまなそうに報告した。

「忠吉は俺に『城兵の金品は一切盗まん』と確かに誓った。あいつが、組の中で銭を盗むとは思えんのだが」

「や、そら分からん。水不足で誰も彼も苛ついとるがや。苛ついた挙句に、つい手癖の悪さが出ちまった。どうだ？　ありそうだら」

「まあな」

「おまんに上げる話でもねェ。俺のところで収めようかとも思ったが、後々しこりが残るようだと茂兵衛組全体の士気にもかかわると思ってな」

寅八は決して悪い男ではないが、一方の忠吉は、金持ちの娘を女房にしていることで、同僚足軽から少し妬まれていた。手癖こそ悪いが、性格は朗らかで気前が良く、茂兵衛組の中では人気がある。もし寅八と忠吉がこのまま仲違いを続けると、おそらく寅八の方が仲間から孤立してしまうだろう。

なにせ双方とも戦国の足軽である。気が荒く手も早い。喧嘩の末に「戦場で背後から仲間に刺された」というような話は珍しくもない。

「よく話してくれた。俺が二人に話を聞いてみるわ」

「すまんが、頼む」

寅八と忠吉を個別に呼び、辰蔵も同席の上で改めて話を聞いたのだが、埒《らち》は明かなかった。寅八の三百文が無くなり、寅八は手癖の悪い忠吉を疑った。身に覚えのない忠吉は激怒し、二人は殴り合った——それだけ。なに一つ、新しい事実は見つからなかった。同意を得て双方の私物をよく調べもしたが、どちらの荷物からも銭は出てこない。永楽銭は完全に姿を消してしまったのだ。

「俺ァ、小頭と約定を交わした」

忠吉が不満げに口先を尖らせた。

「朋輩の懐は金輪際狙わねェってさ。盗《や》るなら他所《よそ》でやりまさ。隣で寝てる野郎の銭は盗《ぬす》まねェですら」

「偉そうに抜かすな。元はおまんの手癖の悪さが原因だがや。寅八が疑うのも無理はねェと思うぞ」

「辰蔵さん、そりゃ酷ェや、あんまりだら！」

「たァけ。日頃の素行がどうだって話だ！」

「まあ、待ちなよ」

辰蔵までが激昂し声を荒らげたので、たまらず茂兵衛が介入した。

「小頭」

「なんら？」

「小頭は、どう思っとるんですかい？　俺が約定を破って盗んだと、あんたも思っとるんですかい？」

「や、そうは思わねェが」

「ほら、辰蔵さん、小頭は俺じゃねェって」

辰蔵が、咎めるような目で茂兵衛を睨んだ。

実のところ、茂兵衛の直感では「忠吉はシロ」である。証明こそできないが、今までのような「悪びれた印象」を一切受けない。所詮、忠吉は小心者なのだ。心模様がすぐ顔と態度に出る。今回は本当にやっていないからこそ、堂々としている。そう茂兵衛には感じられた。

「忠吉、もう帰ってええぞ」

「おい、小頭！」

と、異議を唱える辰蔵を制して、茂兵衛は続けた。

「ただし、寅八とはもう揉めるな。朋輩同士での殴り合いなど論外だら。寅八には、証もなく朋輩を疑うのは止めろと俺の方から釘を刺しておく。だからええな、二度と揉めるなよ。もしこの次揉めたら、理由はどうあれ、その時ァ俺が相手になるぞ？」

「へ、へい」

怒ると怖い小頭から凄まれ、怯えた様子で忠吉は塒《ねぐら》へと帰っていった。

「悪びれた様子が見えねェって言うが、おまん、開き直るって言葉もあるぞ？」

「じゃどうすんだ？　火責め、水責めで口を割らすか？」

「や、そこまでは言わねェけど……野郎はまたやらかすぞ」

「ああ、そうかい」

「見てろ、絶対にやらかす」

ここで茂兵衛と辰蔵は押し黙った。これ以上、議論を続けても無駄だと気づいたのだ。

「で、これから、どうする？」

辰蔵が、首筋を掻きながら茂兵衛に質した。

「どうもしれねェ。や、どうもできねェ。俺ァ、奴らのお袋ではねェから。腹の中でどう思ってようが知らんがや。奴らが戦場で、俺の下知に従ってくれりゃそれでええ。もし動かんようなら、殴ってでも従わせる……それだけだら」

「ふん。御立派なことだがや」

と、辰蔵が冷笑した。

「もし、それがおまんの本心で、今後ずっとその線で振る舞えるなら、おまんは千石はおろか、万石の殿様になれるがね」

「どういう意味だ？」

少し癇《かん》に障って、相棒を睨みつけた。

「つまりおまんは、人が好過《よす》ぎるのよ」

「人が好くてなにが悪い？」

「非情さがねェおまんは怖くもねェ。殴るのが精々だら？　牛馬同然の俺ら足軽相手ならそれもええさ、でもな、今後は本当に腹黒い野郎との付き合いや駆け引きが出てくるぞ。おまんみたいな甘ちゃんが、奴らに対抗できるのか？」

「そ、そういうおまんは、どうだら？」

「たァけ。俺ァおまん以上のお人好しよ。さもなくば、とうにおまんなんか見限っとるわ」

それだけ言って、相棒は足音荒く歩み去った。

七

辰蔵の予言が現実のものとなった。忠吉が、本当にやらかしたのだ。城の地下にある大甕に忍び寄り、水を盗み飲んだところを、警備の足軽隊に見咎められ、捕縛された。

忠吉は、半裸にひん剝かれ、後ろ手に縛られ、本丸にある中根の屋敷の庭に座らされていた。

茂兵衛が庭に姿を現すと、忠吉が身を乗り出して訴えてきた。

「へへへ、小頭……違うんです。俺は金輪際、水なんか飲んでねェ」

「………」

忠吉が柄杓で大甕の水をすくい、口に運んだところを、三人の足軽と小頭一人が目撃している。

「や、それでも飲んではおらんのですら。確かに柄杓を口には持っていったが、結局飲まなかった。俺ァ飲まなかったんですよ。や、逆に飲んだ証でもあるんですかい！」

（この野郎、救いようがねェ。今度は確かに飲んどるわ）

茂兵衛は嘆息した。

寅八の一件のときとは、言い訳をする態度が明らかに違う。辰蔵が言う通り開き直っているし、茂兵衛を窺う目には、卑屈さと悪びれた様子が見て取れた。

「たわけ！　証はあるのじゃ！」

屋敷の奥から城代中根正照が廊下へ姿を現し、忠吉を怒鳴りつけた。青木貞治と松平善四郎も同道している。

たかが足軽の軽犯罪に、城代と副将格の足軽大将が立ち合うのは異例である。それだけ水の確保が、二俣城にとって重要な意味を持っているということだ。

「植田、お前を呼んだのは他でもない。この盗っ人はお前の足軽じゃ。お前自身の手でけじめを着けたかろうと思ってな」

中根は、上役である茂兵衛自身に配下の処罰を委ねようというのだ。これにより、上役としての茂兵衛の面目が保たれる。中根の茂兵衛に対する恩情とも言えた。

「か、かたじけのうございます」

軍法は苛烈だ。たかが水盗っ人でも、誰もが日に柄杓五杯の水で辛抱している状況だ。忠吉を厳罰に処さねば、他の城兵たちは収まるまい。

「植田よ。今この場で、おまえが上役のけじめとして、この盗っ人の首を刎《は》ねるべきだとワシは思うぞ」

「えッ。首を……で、ございまするか？」

さすがに、そこまでの事態は想定していなかった。

「く、首を刎ねるって……俺、水をちょっと飲んだだけですら！」

忠吉が俄かに取り乱し始めた。ようやく事の重大さに気づいたようだ。

「御城代、死罪とは、些《いささ》か厳罰に過ぎはしませんか？」

茂兵衛は動揺する忠吉を制し、中根に質した。

「や、死罪もなにも、俺ァ、一切水なんか飲んではおらんのですがね」

「たァけ、黙っとれ！」

茂兵衛が忠吉の頭を拳固で殴りつけた。

どこまでも往生際が悪く、恥知らずの忠吉であった。「飲んだだけだ」と言ったり「一切飲んでない」と言ったり——小悪党だけに、混乱しているのだろう。

「では、植田、お前なら如何に裁く？」

中根は、蛇蝎《だかつ》を見る目で忠吉を睨みながら、厳しく茂兵衛に質した。

「ろ、牢獄に繋ぐのが相当かと。あるいは、鞭で叩くのは如何？」

「なるほど。ただ城兵は誰も皆渇《かっ》えておる。牢屋や鞭打ちぐらいで済むのなら、水を盗み、心ゆくまで飲んだ方がいい、そう考える者が、今後続出しはせぬだろうか？」

「……」

「水盗っ人が微罪なのは平時であればこそじゃ。今は籠城戦の真っ最中。軍法に照らし厳しく断罪せねばならん。なによりも、軍規の緩みが城兵に与える影響をワシは恐れる。のう植田、一罰百戒と申すぞ」

「はあ。あの、実は……」

と、言いかけて茂兵衛は言葉を飲み込んだ。

今回、忠吉が水を盗んだのには前段があった。寅八の一件である。あれはおそらくは冤罪《えんざい》で、忠吉はよほど面白くなかったのだろう。結果、自棄《やけ》を起こして水甕に手を出してしまった。同情できる点がなくもないと感じ、中根に説明しようと思ったのだが、やはり自分の考えが甘いと気づいた。

（そんな話は相手にされまい。むしろ、忠吉が根っからの盗っ人であると、御城代たちの心証を悪くするだけだら）

そして、きっとこう言われるだろう「植田よ。まるでお前は、足軽のお袋じゃな」と。

（青木様や辰蔵の言う通りだ。確かに俺ァ甘いわ）

忠吉はまだ、茂兵衛と中根の顔を交互に窺っているが、もうすでに、彼の命運は尽きていた。

（今、俺が忠吉にしてやれることは、ただ一つだら）

と、静かに腰の打刀を抜いた。段上の中根が深く頷いた。

「こ、小頭？」

忠吉が逃げようとしてもがき、付き添っていた中根の足軽二人により、地面へと押さえつけられた。

「嫌だ！　堪忍してくれ！　み、水飲んだだけで殺されてたまるかよ！」

忠吉が地面を睨みながら叫んだ。

「たァけ。見苦しい。苦しまんように死なせてやる。ナンマンダブも百回唱えてやる。おまんも漢なら観念せェ」

と、一歩踏み出したとき、「待て」と声がかかった。青木であった。

「御城代、これはちと筋が違いはしませぬか？」

「なにがじゃ？」

「この足軽は善四郎殿の同心。もし軍法に照らして首を刎ねるなら、それは善四郎殿の役目であるはず」

「なるほど、道理である」

中根が頷いた。

「え、私が？」

善四郎の顔が引きつった。

「や、青木様。この忠吉は数年来それがしが面倒を見てきた足軽。上役としての責《せめ》や咎《とが》はそれがしこそが負うべきものにござる。対して善四郎様はまだわずかひと月の……」

「控えよ茂兵衛！　この者は軍法に照らして断罪されるのじゃ。寄騎同心の不始末は上役である寄親が処断すべき。それが軍法である。この者の寄親は誰か？　お前なのか、茂兵衛？」

青木から一喝された。

「……」

事実上、十人の槍足軽を指揮しているのは茂兵衛であるが、名目上の指揮官はあくまでも善四郎なのである。

（青木様は、善四郎様に人を斬らせるよい機会だと思っておられるようだが、まだ肚の据わらねェガキに斬られる忠吉は、たまったもんじゃねェら）

茂兵衛は、善四郎の未熟さについて、青木に相談したことを少しだけ後悔していた。

誰でも己が配下を手にかけ、処刑するのは気が進まない。善四郎は顔面蒼白となり、この期に及んでまだ茂兵衛を窺っている。忠吉も同じだ。配下の足軽と若年の上役から同時に見つめられ、頼られ、憐れみを請われている――

（つくづく俺ァ、お袋の性質《たち》なんだろうな……辰蔵が呆れるはずだら）

茂兵衛は無言で、一旦抜いた打刀を鞘に納めた。

中根と青木、そして忠吉の視線が、今度は善四郎に集中した。

さすがの善四郎も意を決したようで、庭に飛び降り、刀を抜いた。

「く、首を刎ねればよろしいか？」

青褪《あおざ》めた顔で中根に確認すると、城代は黙って頷いた。

「忠吉、観念せよ！」

と、少年が打刀を振り上げる。付き添っていた足軽二人が、首を落とし易いように、忠吉の体を押さえて前屈みにさせた。

忠吉は泣き喚き続けている。最早、言葉すら出ない。

「えいッ！」

一閃《いっせん》した善四郎の打刀は首には当たらず、忠吉の肩口を深々と斬り裂いた。血《ち》飛沫《しぶき》が盛大に上がる。

「ギャーーーーッ！」

慌てて二の太刀を加えるも、今度はガチリと鈍い音がして頭骨に食い込んだ。

「ひえーっ、痛ェよォ！　痛ェ！」

二度しくじり、忠吉の悲鳴を聞いた善四郎は硬直し、ぶるぶると震え始めた。

（もう十分だ。限界だら……忠吉は、そこまで極悪人じゃねェ）

「御免！」

茂兵衛が抜刀し、立ち尽くす善四郎を突き飛ばし、忠吉との間に割って入った。

「助太刀致す」

と、善四郎に断って、血まみれになって泣き喚く忠吉の肩を摑んだ。

（刀は槍ほど得意じゃねェが、ここは一撃で首を落とす！）

決断し、刀を振り上げた。

一瞬、忠吉の笑顔、泣き顔、ともに槍を提げて走った山道の情景が過《よぎ》る。

「往生せい！」

ブンと振り下ろした。


家康が戦略拠点と頼む二俣城が降伏開城した。

水が完全に尽きたのだ。

開戦のときと同じ使番がやって来て、中根と開城の条件面を話し合った。城を引き渡す期日は元亀三年十二月十九日——籠城の開始から、ほぼふた月。水取櫓を破壊されてからは、ひと月が経過していた。

城門を開き、討って出て、最後の忠義を尽くそうとの強硬な意見もあるにはあったが、中根が「忠義を尽くす機会は、後日またある」と説得し、無益な抵抗や自刃はしないことに決まった。

辰蔵の情報の通り、信玄は城兵に寛容だった。雑兵たちは勿論、城代の中根や副将格の青木、徳川一門の善四郎もすべて解放され、浜松城に帰ることが無条件で許された。

「悔しい。初陣が落城とは……私も運がない」

そう言って善四郎は泣いたが、あの日、茂兵衛の手を借りたとはいえ、足軽を斬り、それ以来、善四郎の顔は少し引き締まったように思える。

「それ、見たことか」

青木はしてやったりとほくそ笑むが、茂兵衛の心中は複雑であった。

（もし、人を殺すことで、人が成長するとしたら世も末だら。ただ、それも最初の内だけさ。その内、虫を潰すのと人を殺すのが、さほど変わらなくなる。今の俺がそうなりかけとるがね。まったく、神も仏もねェ世の中だがや）

そんなことを考えながら、とぼとぼと浜松へと向かう二俣街道（現在の飛龍街道）を南下した。

「戦で、負けたわけではないのだ」

と、馬上の善四郎が悔しそうに呟いた。

「兵糧や水の調達も、すべて戦の内にござる」

馬の傍らを歩きながら、茂兵衛が少年を窘めた。

第三章　三方ヶ原の血飛沫《ちしぶき》

一

十九日の二俣城《ふたまたじよう》陥落から三日が経った元亀《げんき》三年の十二月二十二日。寅《とら》の下刻（午前四時頃）を少し過ぎた。

未明の空からは雲が低く垂れこめ、冷え込みが酷かった。一旦天気が崩れれば、どか雪ともなりそうだ。

まだ闇に閉ざされた合代島《ごうだいしま》──まるで山が歩きだしたかのように、信玄の本隊がジワリと動いた。

十月十四日以来、二ヶ月以上も本陣を置いた合代島を出て南下、天竜川《てんりゆうがわ》東岸の神増《かんぞ》から渡河を開始して、対岸の中瀬《なかせ》へと押し上げたのだ。暗い中での大河の渡渉は大変な危険を伴う。いかに武田勢が渡渉点を綿密に調べ上げ、知悉《ちしつ》していたかの証《あかし》であろう。準備は周到に整っていたのだ。

卯《う》の上刻（午前五時頃）。

北方から二俣街道を進んできた勝頼指揮の攻城軍と合流し、まさに三万の大軍勢となって南下を開始した。このまま二俣街道を三里半（約十四キロ）進めば浜《はま》松城《まつじょう》である。

武田勢の動きは、逐一家康に報告されていた。

満を持していたのは信玄ばかりではない。家康もまた、合代島から動かない信玄の肚を読みかね、やきもきし続けていたのである。家康は物見や乱破《らっぱ》を抜かりなく配置し、二俣城を攻める勝頼軍と合代島本陣の動きを正確に把握していた。

卯の下刻（午前六時頃）には、浜松城の広間に、徳川の重臣たちと織田の援軍の諸将が続々と集まり、家康を囲んでの軍議が始まった。まだ屋内は暗く、燭台の炎は欠かせなかったが、明かり窓の外は薄明るくなっている。

筆頭家老の酒井忠次、御一門の松平伊忠《まつだいらこれただ》、旗本先手役の榊原康政、鳥居元忠《とりいもとただ》の他に、織田家からの援軍を指揮する佐久間信盛《さくまのぶもり》、滝川一益《たきがわかずます》、平手汎秀《ひらてひろひで》らキラ星の如き諸将が居並んだ。さらには、山縣昌景が三河から退いたことで馳せ参じ得た石川数正《いしかわかずまさ》までもが参加しての大軍議である。

「信玄は兵三万を率い、真っすぐこの浜松城を目指して進軍中でござる。早ければ、もう二刻《ふたとき》（約四時間）ほどでここへ参りましょう。この難局を如何にさばくか？　まずは右衛門尉《うえもんのじょう》殿から御意見を賜りたい」

酒井が、そう言って援軍の主将である佐久間信盛に意見を求めた。

「浜松の城兵六千に加え、伯耆《ほうき》殿（石川数正）の二千に、我ら織田の援軍三千を含めれば、お味方は今や一万一千。対する武田勢は三万。野戦《のいくさ》では分が悪くとも、籠城なら目がある。城攻めの定石に鑑みるとき、この城は滅多なことでは落ちませぬ。我々は籠城策を強く推しまする」

そう言って佐久間は家康を窺った。

城攻めの定石――例の「城兵の三倍以上で攻めねば城は落とせぬ」であろう。

佐久間の提言に、家康は反応を示さなかった。無表情のまま、台として使っている垣盾の上に広げた遠州地図を黙って眺めているだけだ。

「前後しまするが、我が主織田弾正忠《おだだんじょうのちゅう》からも、是非三河守《みかわのかみ》様（家康）に籠城策をお勧めせよと申し遣っておりもうす」

傍らから滝川一益が言い添えた。

家康は滝川にも、会釈を返しただけで、これという反応は示さなかった。

家康の築いた浜松城は、東西に四町（約四百三十六メートル）、南北二町（約二百十八メートル）強の巨大な城郭であった。旧曳馬城《ひくまじよう》を、三方《みかた》ヶ原《はら》台地南端の斜面に沿って南西方向に大きく拡張した。家康は、西方の最高所（海抜四十メートル）に天守曲輪を置き、その東に本丸、二の丸、さらに三の丸と、西から東へとほぼ一直線に並ぶ所謂《いわゆる》「梯郭式《ていかくしき》」の築城法を採用していた。築城思想こそ最先端だが、信玄の侵攻時期が早く、石垣やら瓦《かわら》葺きの屋根などを設えるのは見送られた。土塁に板葺きの櫓《やぐら》、弾避けには相も変わらず竹束が、無様に沢山括りつけられていた。

「籠城の準備はすでに整ってござる」

酒井が、佐久間の目を見ながら語りかけた。

「信玄は、悠長にこの浜松城を囲んでおるわけにも参りますまい。ぐずぐずしておると弾正忠様に甲斐《かい》信濃《しなの》への退路を断たれまする。我らが籠城戦がふた月に及べば春が来てしまう。雪が解ければ越後《えちご》の上杉殿が武田領を窺い南下しましょう。そうなれば、今は味方の顔をしている北条も風を読むやも知れず。信玄は早々に退かざるを得なくなる。時は我らの味方にござる」

と、酒井は籠城策を支持した。

「信玄は二俣城を落とすのにさえふた月を要した。その間、城攻めは倅《せがれ》の勝頼に任せ、自分は合代島から動こうとすらしなかった。三年前には小田原城《おだわらじょう》攻めに失敗しておりまする。昨年は我らも二連木城《にれんぎじょう》、吉田城《よしだじょう》で鉾《ほこ》を交えたが、さほどのことはなかった。信玄め、野戦はともかく、城攻めは不得手かと推察致しまする。むしろ、本心では、この浜松城を攻めたくはないのでは？」

石川数正も、婉曲に佐久間と酒井に同調した。

佐久間が籠城策を提言したときには、遠来の客人への配慮からか、黙って聞いていた榊原や鳥居たち血気盛んな旗本先手役も、酒井と石川の籠城策には露骨に嫌な顔をしてみせた。一戦も交えずに、亀のように城に籠《こも》ることを屈辱と感じているのだ。しかし、堂々と反論する者もいない。最強と呼ばれる武田勢三万に、その三分の一の勢力で野戦を挑んで無事でいられる確信が持てないのだ。

「殿、無念ではござるが、現状、籠城以外に策はないかと存じまする」

と、一座を見回して後、酒井が軍議の結論を家康に伝えた。

「左様か……是非もないな」

家康は、日頃信長が好んで使う言葉で軍議を締めくくった。なぜその言葉を使ったのかは分からない。あるいは、端から消極策を押し付けてくる信長や諸将へのあてつけだったのかも知れない。

それにしても、静かな軍議であった。

口角泡を飛ばす論戦というものは皆無だった。いつも酒井や石川らの慎重策に咬《か》みつく平八郎の姿がないからだ。


「おーい、おるか?」

薄闇の中に、雷《いかずち》のような咆哮が響いた。平八郎だ。

茂兵衛の家の板戸をガラリと開けて、無遠慮にどかどかと入ってきた。具足は着けず、鎧直垂《よろいひたたれ》の上に直接陣羽織《じんばおり》を着て、引立烏帽子《ひったてえぼし》を被っている。浮き立つような笑顔を見れば、今朝の平八郎、いたく機嫌がいいようだ。

「あ、お頭……」

前夜、配下の足軽隊を率いて玄黙口《ひがしもん》の警備を担当していた茂兵衛は、奥の部屋でまだ眠っていたが、平八郎の声に目覚め、慌てて布団から這い出した。

心得として茂兵衛も鎧直垂のままで寝ている。直垂といっても、平八郎が着ている豪華な金襴《きんらん》のものとは違い、足軽が着る具足下衣《ぐそくしたころも》に毛の生えた程度の簡素な装束である。

「おい茂兵衛、信玄が動いたがや。この糞寒い中、御苦労なこったら」

嬉しそうに肩を怒らせ、両手をこすり合わせていた。室内でも平八郎の息は白い。

「ほう、いよいよでございますな」

眠い目をこすりながら応えた。

一昨日《おとつい》、石川数正や織田の援軍が間に合って味方の数が増えた。三万の武田勢に対し、不利であることに変わりはないが、それでも浜松の城兵のみで戦うよりは、少しは戦らしい形に持ち込めるはずだ。それで平八郎の機嫌がよいのかと思ったが、どうやら違うようだ。

(ま、このお方は、信玄と戦うことそれ自体が嬉しくてならないのさ。味方が六千だろうが一万一千だろうが関係ねェ。強大な敵と戦えれば、それだけで大満足、それが本多平八郎というお方だがや)

平八郎は確かに三河武士の象徴的存在だが、実を言えば「小平八郎」とでも呼ぶべき「怖いもの知らずの、後先を考えない荒武者」が多いのが三河武士団の特徴でもある。そのことを踏まえて家康は舵取りをせねばならない。逃げるべきときでも、下手に逃げると家臣たちの心が離れる。彼らは、命を惜しむ弱将が大嫌いなのだ。犬のように忠実で無鉄砲な三河衆は、戦場で槍を持たせれば無双だが、ときに家康の判断の足枷になる両刃の剣でもあった。

「さきほどから、広間で軍議中よ」

「え、お頭、軍議に出られんでもええんですか？」

「や、ワシの存念はすでに殿にはお伝えしとるから、大戦《おおいくさ》を前にして、遠来の尾張《おわり》衆や臆病者の酒井や石川と喧嘩するまでもないがね」

と、吐き捨てるように言った。

（御家老二人を臆病者って……えらい言いようだら）

平八郎は家康に、なにもせずにただただ引き籠っての籠城戦は避けるべきだと進言していた。三河はともかく、遠江《とおとうみ》は家康の領地となってまだ日が浅い。いくら優勢な武田勢相手とはいえ、あまりに臆病な姿を見せると、国衆や地侍の中には徳川を見限り、武田に鞍替えしようと考える向きも増えるだろう。事実、十月には犬居城《いぬいじょう》の天野が寝返った。一俣城が落ちると同時に、飯尾家、神尾家、奥山家などが次々に武田側への恭順の意を示している。ここは勝てぬまでも、一当たり、二当たりして三河者の意地を見せつけることが肝要——そんな風に伝えたという。

「で、殿様はなんと？」

茂兵衛は、不安を覚えながら質《ただ》した。

「平八、よくぞ申した。分かっておる……とだけ申されたな」

「な、なるほど」

木原畷《きわらなわて》、一言坂《いちごんざか》の戦いのおりにも、それと同じことを茂兵衛は感じていた。

あのとき、なぜ三千の兵で家康は天竜川を渡ったのか？

(殿様も人気商売だからなァ。敵と戦うだけでは足りねェ。お味方からの支持を落とさねェためには、無理して虚勢も張らねばならねェ。お辛いわな)

「あ、それで用件だがな」

平八郎の声で、我に戻った。

「あ、はい」

「昨日、二俣城で善四郎殿が世話をかけたと、城代を務めた中根正照殿のところに礼を言いに行ったのよ」

「左様で」

中根の生真面目な四角い顔が脳裏に浮かんだ。

「中根殿の了解を得た上で、善四郎殿とおまんの足軽隊は、本日をもって旗本先手役の本多隊に復帰と相成った」

「あ、それは、かたじけのうございます。お頭の下に戻れて、嬉しゅうございます」

と、平伏した。

茂兵衛の本心であった。

平八郎は泣く子も黙る荒武者だが、独特の直感と嗅覚にすぐれ、戦場では危険をいち早く察知するし、その場合には無謀な指揮は執らないのだ。結果、毎度最も危険な持ち場を任され、大奮戦する割には、平八郎隊の死者数は決して多くはないのである。

「ついてはな、おまんにまた面倒事を頼みたい」

「善四郎様でございましょ？」

「ほうだら」

「それがし、あの方から目を離しませぬゆえ」

「頼むぞ。なにせ今回の相手は信玄の大軍だら。さすがに殿様の旗色は悪いがね。ワシは単騎でも敵陣に突っ込み、信玄の坊主首を挙げる肚だ。それ以外に勝機は見えんでな。ま、善四郎殿のことはおまんに任せた」

「後顧の憂いなく、存分にお働き下さいますように」

と、叩頭し、心中で平八郎の武運を祈り「ナンマンダブ」を三回唱えた。

二

巳《み》の上刻（午前九時頃）を過ぎた。武田勢の到着まであと半刻（約一時間）ほどであろうか。籠城戦の準備を着々と進める浜松城の大手門を、物見に出ていた騎馬の使番たちが、血相を変えて駆け抜けた。

「武田勢、浜松城の北一里強（約五キロ）の地点で二俣街道を外れ、欠下《かけした》から三方ヶ原の台地へ続々と上っておりまする」

大きく「五」の一文字を、黒々と染め抜いた幟《のぼり》を背負い、使番が息も絶え絶えに報告した。

「み、三方ヶ原に上った？　二俣街道から外れたと申すか？」

家康もさすがに青褪《あおざ》める。

「御意！」

諸将たちが一斉に身を乗り出し、家康の前に広げられた遠州図を覗き込んだ。各々の草摺《くさずり》がカタカタと鳴った。

「欠下から上れば大菩薩山《だいぼさつざん》じゃ。その先半里（約二キロ）には追分《おいわけ》がある。追分から先、どう動くかじゃな」

と、家康が遠州図を指しながら、一同を見回した。

「されば」

酒井が遠州図を軍扇の先で指した。

「追分を南下し、半僧坊道《はんそうぼうどう》を通ってこの浜松城に至る肚やも知れませぬ」

「なぜ、わざわざ遠回りをする。それに、半僧坊道より二俣街道の方が幅も広く、平坦で進みやすいぞ」

家康が混ぜっ返した。

「もし、追分を西に進まれると、これは一大事にございます」

石川が床几から跳び上がり、顔色を変え、家康の目を覗きこんだ。

「信玄の奴、このまま東三河に攻め込む肚だと申すのじゃな？」

「御意ッ」

石川は、三河防衛の総指揮を任された身だ。家康から預かった兵七千の内、二千を率いてこの浜松城に来ている。

「三河には現在、若殿と五千の兵しか残しておりませぬ」

若干十五歳の嫡子、徳川信康が、わずか五千の兵を率い、老練な信玄が率いる三万の強兵を防ぐことなどできようか。壊滅は自明だ。

「落ち着け伯耆殿」

酒井が介入した。

「ここから浜名湖《はまなこ》の北を巻いて東三河まで、本坂道《ほんさかどう》を八里（約三十二キロ）や九里は進まねばならぬ。敵は三万の大軍勢ぞ。道中さぞや往生する。そこまで信玄は愚かではない」

大軍になればなるほど、行軍の行列は縦に細長くなる。兵が三万だと十数キロにも及ぶ。浜松城を素通りして東三河へ進むと、当然、家康は温存した兵を出し、長い行列の尻尾に咬みつく。伸びきった縦列の武田勢は、東三河までの三十数キロの長旅の間、延々と虐め抜かれることになるのだ。その消耗、士気の低下を考えると、「この浜松城を放置したままでの東三河侵攻はあり得ない」と酒井は強弁した。

「どこぞの小城を落とし、そこを拠点とされたら？」

「それこそ時が経つ。春が来る。上杉が南下する。信玄は旗を巻いて逃げ帰るしかなくなるわ。信玄は必ず、この浜松城に来る！」

佐久間信盛が眉を吊り上げて横槍を入れてきた。

「いずれにせよ、まずは見極めることが先決じゃ。追分の周辺を重点とし、使番、乱破による物見を増やせ。疾《と》く動け！」

家康が果断に命じた。

「よいか。今後も籠城策は維持する。各々準備を進めよ。しかし、諸将におかれては万が一、城を討って出る場合の心備えも怠りなきよう」

「御意ッ」

軍議はこれにて散開した。

午《うま》の下刻（正午頃）になっても陽は射さず、空は暗くなるばかりだ。

欠下から三方ヶ原に上ったあたり、大菩薩山と呼ばれる見晴らしの利く場所で、武田勢は進軍を止めた。物見からの報告によれば、呑気に弁当などを使っているという。

「欠下からの上り坂は急駿にござる。大方、馬と兵に一息入れさせておるのでございましょう」

家康の居室で、誰に言うともなく酒井が呟いた。酒井と平八郎以外の諸将は、それぞれの部隊に戻り籠城戦の準備を進めている。

酒井も、平八郎も、そして家康自身も、浜松城の裏山となる三方ヶ原の地形は概《おおむ》ね頭に入れている。攻めるにも守るにも、浜松城の命運は天竜川と三方ヶ原が握っているのだ。

「大菩薩山で陣容を整え直した後、追分まで進む。はてさて信玄め、追分で北か南か、どちらに道を取るのかのう?」

「ヒヒヒヒ、北じゃ! 信玄、北へ行け! こっちへ来るな!」

平八郎が異様で場違いな笑い方をしたので、酒井が眉をひそめた。

「たァけ。慎め平八!」

家康が平八郎を睨んで叱った。

平八郎としては信玄が追分を南に進み、こちらに向かわれると策は籠城しかなくなり面白くない。反対に追分を北か西に進めば、家康は追撃を命じるだろうから、存分に槍を振るえる。佐久間や滝川一益は、あるいは酒井や石川も、追撃には反対するだろうが、信玄の行く先には徳川の故地、三河があるのだ。十五歳の我が子が、父の救援を待っているのだ。これを見殺しにするようでは家康の未来は暗い。誰も付き従わなくなるだろう。少なくとも平八郎はそう思っている。

未《ひつじ》の上刻（午後一時頃）、待ちに待った物見の報せが届いた。

「申し上げます。武田勢、追分を北に向かってございます」

「なんと！」

家康と酒井が褥《しとね》を蹴って立ち上がった。平八郎は跳び上がった。

「よしッ」

平八郎が拳を握りしめて吼《ほ》えた。

「あり得ませぬ。この浜松城を放置したまま長駆三河を狙うなど兵法にないこと。信玄ともあろう者が……殿、これは敵の罠やも知れませぬぞ」

「ならば左衛門尉様は、どうせよと？　よもや、三河や信康公を見殺しにせよとでも仰せか？」

「平八郎！」

酒井が目を剝《む》き、腰の打刀に手をかけた。温厚慎重な筆頭家老も、一皮むけば戦国武者なのだ。若造から虚仮《こけ》にされ、黙っている腑抜けではない。

「たァけ平八！　左衛門尉は我が股肱《ここう》である！　無礼は許さん！」

と、家康が平八郎を怒鳴りつけたので、その場は収まったかのように見えたが、酒井は押し黙ったまま、平八郎を睨んでいる。平八郎は平八郎で、薄笑いを浮かべ、酒井を挑発し続けている。まさに一触即発だ。

二人の険悪な様子を見て取った家康が、両掌で平八郎の肩を強く突いた。平八郎が大きくよろける。

「今より信玄を追撃する。先手役平八郎隊に先鋒を命じる。行け！」

「ははッ」

よろけたまま数歩後ずさり、形だけ頭を下げ、平八郎は機敏に駆け去った。

「殿、追撃はなりませぬぞ！」

酒井は、家康の前に立ちはだかり顔をグイと寄せた。

「左衛門尉、ここはもう出るしかないのじゃ。ここでワシが動かねば、遠江の国衆地侍たちは雪崩《なだれ》を打って武田側に走ろう」

「せめて、織田方諸将の御意見を聞いてからでも」

「そうもいかんわ。考えてもみよ」

と、家康は唇を噛《か》み、酒井の陣羽織を摑んで強く引き寄せた。主従の顔と顔がさらに迫り、家康は酒井の耳元に小声で囁《ささや》いた。

「新領地の人心を掌握しきれておらぬことを、隣国の重臣《おとな》になんと話す？　同盟者とはいえ織田方に弱みは見せるわけには参らぬ。違うか？」

「しかし、弾正忠様の思し召しはハッキリ籠城にござる。もし殿が独断で討って出られたとして……」

酒井は周囲を窺った上で、声をさらに潜めた。

「万が一、あの猜疑心《さいぎしん》の強い信長の不信を買えば、織田徳川の同盟に皹《ひび》が入りかねませぬ。信長との手切れは、遠州侍の離反より恐ろしゅうござるぞ」

主従はしばし睨み合った。

やがて家康は、酒井を突き放し、両腕で自分自身を抱きかかえるようにして室内を歩き始めた。

「ああ、そうとも……信長の怒りは怖い」

酒井に向かって顔を顰《しか》め、口を突き出し、小声でまくしたてた。

「ただな。信長の怒りは所詮明日の話じゃ。遠州侍の離反は今日の現実じゃ。今、目前にある危機に、ワシはどうしても対応せねばならぬ。ワシに遠州を手放す気はない！」

「殿！」

「なに、武田の三万と、四つに組もうとは思わん。こちらには地の利がある。敵の殿軍《しんがり》に一当て、二当てして疲労困憊させてくれる。信玄の本隊が大返しをしてきたら、さっさと退く。進めば、また尻に咬みつく。それを延々と繰り返す」

「……」

「左衛門尉、笑え！　やれるさ！」

家康は笑顔を見せ、筆頭家老の当世袖《とうせいそで》を軽く叩いた。板札《いたざね》がカタリと鳴った。

「殿は……」

「ん？」

「殿は本日、幾人もの忠臣を失うことでございましょう」

そう不気味な予言をした酒井の両眼には、薄《うっす》らと涙が浮かんでいた。

未《ひつじ》の下刻（午後二時頃）である。

家康は、城の守備に一千を残し、残りの兵一万を率いて浜松城を発《た》った。昼前から小雪は舞っていたが、この時刻になると本降りになっている。視界も悪い。

平八郎隊は、先鋒として最初に大手門をくぐった。善四郎と茂兵衛組の足軽たちも続いたが、その中に茂兵衛の姿はなかった。

実は、石川数正が三河から率いてきた二千の軍勢の中に、懐かしい顔を見つけたのだ。

「夏目様、大久保様！」

「おお、茂兵衛か……おまん、立派な兜武者《かぶとむしゃ》になりおって、見違えたぞ」

「これもすべて、お二方のお陰にございます」

深々と頭を下げた。

夏目次郎左衛門がいなければ、茂兵衛は家康の直臣にはなっていない。大久保四郎九郎の鉄砲の腕を借りなければ、兜武者にもなれていなかった。そもそも、植田という苗字をつけてくれたのがこの二人だ。

茂兵衛の当世具足は黒、兜は赤——鹵獲品《ろかくひん》の寄せ集めであることは見え見えだが、それでも、大恩人二人に兜武者姿を見せられてよかった。

「雪の中、辛い戦になりそうじゃな」

「はい。ただ、騎馬武者衆の間では、殿様は決して深入りはなさらないだろうと、もっぱらの噂でございます」

「一当てして退くのか？」

「左様で」

「それがええ。三河者の意地を示せれば十分だら」

傍らで大久保が大きく頷いた。

また共に戦えると期待したのだが、次郎左衛門は大久保ら郎党を率いて浜松城の守備に就くという。

「では戦から戻りました後に、また御挨拶に伺いまする」

今夜戻ったら、大久保に丑松が鉄砲を習い始めていることを伝えよう。きっと喜んでくれるはずだ。

「茂兵衛、無事でな」

「夏目様も大久保様も、御武運を」

と、例によって心中で念仏を三回唱えた後、二人と別れ、本隊の後を駆け足で追った。

申《さる》の上刻（午後三時頃）、徳川勢は降りしきる雪の中、半僧坊道を北上し、半刻（約一時間）ほどで平八郎隊を先頭に追分へと至った。三方ヶ原の台地上を東西に走る本坂道と北方の祝田《ほうだ》へと向かう金指街道《かなさしかいどう》、南方の浜松へと下る半僧坊道が交錯しており、古《いにしえ》より追分の名がある。ただし、人家は見えない。見渡す限りの茅原《かやはら》で、ススキやチガヤが無秩序に生い茂っていた。夜、一人で歩き「狐狸に化かされた」との噂が絶えない寂しい場所だ。

降りしきる雪の中、ここでしばらく全軍が待機、物見の報告を待つことにした。武田勢が金指街道に進んだのか、本坂道に入ったのか判断に迷ったからだ。普段なら、大軍の所在は土埃《つちぼこり》などが舞い上がり、遠方からでもそれと知れるものだが、雪が降っていては分かりにくい。

「武田勢は金指街道を北上した後、現在は祝田の坂を通り、三方ヶ原を下《お》りつつございます」

と、複数の物見が口をそろえた。

「殿、祝田の坂は林の中の細い一本道にござるぞ。大軍が引き返すことはできぬ。へへ、これは面白いことになりそうですら」

平八郎が、嬉しそうに両手を揉み合わせた。鹿角の黒兜に白い雪が薄らと積もっている。息も白い。

「よし。ここよりは左衛門尉、平八に代わりお前が先鋒じゃ。疾く先行せよ。ただし、決して敵に突っかけるなよ、ワシの到着を待て」

「必ず待てよ！」

「委細承知！」

と、筆頭家老は頭を下げて駆け去った。

「また左衛門尉様に先鋒を奪われた……殿、ワシではいかんのですか？」

平八郎が不満げに質した。

「お前を先行させると、一人で勝手に戦を始めかねん」

周囲の馬廻衆の間から小さく笑い声が上がったが、平八郎が殺気だってねめ回すと、ピタリと静まった。

「追分《ここ》から祝田までは一里近くござる。現在は申の上刻（午後三時頃）、祝田に着き兵を展開すると申の下刻（午後四時頃）あたりになりまする」

石川数正が雪空を見上げながら呟いた。

「この時期、日の入りはいつ頃か？」

「早うござる。酉《とり》の上刻（午後五時頃）あたりにござろうか」

と、石川が答えた。元亀三年十二月二十二日は、陽暦に直せば一月二十五日にあたる。

ここで家康は、鐙《あぶみ》を踏ん張って鞍上で身を伸ばし、大声で兵に語りかけた。

「雪も降っておる。開戦後、目が利くのは精々半刻（約一時間）……一刻（約二時間）も経てば三方ヶ原は闇の中じゃ。よいか、敵の殿軍を押し包み、一気に殲《せん》滅《めつ》する。信玄の本隊が坂の下から引き返してくる頃には、我らは夜陰に乗じて退く。よいか、深追いは禁物ぞ。早々に城に戻り、温かい飯を食おう！」

あちこちから陽気な笑い声が上がった。このときまで、徳川勢の士気はとても高かったのである。

三

家康の本隊は、台地上を流れる細い流れの手前で、先行していた酒井隊と合流した。

申の下刻（午後四時頃）をまわり、ようやく雪は降り止んだのだが、二寸（約六センチ）ほど積もった雪に触れて空気が冷やされ、濃い霧が発生していた。視界がよくない。

「そろそろ祝田の坂か？」

「まだ四半里（約一キロ）ほど先にございます。その間に、おそらくは殿軍と思われる千から二千の敵兵が布陣してござる」

酒井が状況を説明した。

見える範囲で、灌木《かんぼく》や茅《かや》が生い茂り、高木は赤松が所々に生えている程度だ。晴天ならば明るい荒地が広がっているのだろう。

ふと、霧の彼方からくぐもったような馬の嘶《いなな》きが聞こえてきた。三町（約三百二十七メートル）ほど先か。耳をすませば、人馬の気配が伝わってくる。確かに敵はそこにいる。

「大軍という感じはせんな」

馬上から善四郎が茂兵衛に囁いた。

「左様にござる。大軍勢にしては物音がしない。静かすぎる。馬の嘶《いなな》きも少ない気が致します」

信玄の本隊はすでに坂を下って行ってしまい、殿軍の部隊だけが徳川の追撃に備え、待機しているのだろう。

酒井は、慎重に八組の物見を出していたが、いずれの組も、敵の本隊はすでに坂を下り、三方ヶ原の台地上に残っている数はわずか、と報告していた。

「よし、鶴翼の陣でいくぞ。千や二千の殿軍、押し包んで一気に踏み潰せ」

酒井の報告を聞いた家康は決断した。注文通りの展開である。

家康は右翼に酒井隊を、左翼に石川隊を配置、家康本陣を胴体に見立て、巨大な鶴が翼を左右に広げたような陣形をとった。まさに、寡兵を衆兵《たいぐん》が取り囲み、殲滅させる際に用いられる必殺の陣形――定石通りだ。

例によって平八郎隊は、家康本陣の前方。馬廻衆のすぐ前に配置されていた。粗暴で協調性がなく、揉め事ばかり起こす平八郎だが、やはりここ一番で家康が頼りにするのは、今も昔も彼なのである。

全軍が展開を終えたころ、弱く北風が吹き始めた。夕刻になると決まって、北方の丸山から吹き下ろす山風だ。冷たく乾いた風が、三方ヶ原の霧をゆっくりと吹き払っていった。

薄れていく霧の向こうから徐々に姿を現したものは――荒地の中に布陣する見渡す限りの大軍勢であった。

千や二千であるはずがない。武田の全軍三万が一つに塊り、密集し、犇《ひし》めき、雪の荒野に静まっていたのだ。まるで軽薄に両腕を広げた身の程知らずの徳川勢を睥睨《へいげい》しているかのようだった。

おびただしい数の旗指物が北風に棚引いている。そしてその中央に翻っているのは紛れもなく、風林火山と日輪の旗印ではないか。

「た、武田の本隊だら。信玄だら。殿軍じゃねえら」

「奴ら、三方ヶ原を下ってなかったんだがや」

徳川側のあちこちから、悲鳴に似た囁き声が漏れ始めた。

信玄の見事な計略であった。

まずは三河に向かうと見せかけて家康の動揺を誘う。それも、浜松城を目前にして大仰に反転してみせた。家康が食いつくと、細い祝田の坂を大軍が下ると見せ、その実、折からの雪や霧に身を隠して三方ヶ原の台地上に居座っていたのだ。物音がしなかったのは、当世袖や草摺を縛り、馬には枚《ばい》を食《は》ませていたからに相違ない。夜襲の心得の応用だ。かくて家康は騙され、おびき寄せられた。

「殿、ありゃあ魚鱗の陣ですら。ワシら鶴翼ですから、ちいとばかり塩梅悪いですがね」

家康を振り返って、平八郎がことさらにのんびりと声をかけた。窮地に陥れば陥るほど肚が据わる——豪傑の豪傑たる所以《ゆえん》である。

重層構造で中に厚みのある魚鱗の陣をもって、薄く厚みのない鶴翼の陣を突破されたら一たまりもない。それに加えて、武田方は徳川方の三倍の人数なのだ。

かくて、日頃は強気な平八郎も「塩梅悪い」と、精一杯の弱音を吐いた次第だ。

「塩梅は……さほどに悪くないわ」

意外なほど家康の声は落ち着いていた。総大将が冷静なのは有難い。

「平八、ものは考えようじゃぞ」

今や武田勢は巨大な塊と化している。左右に広く展開した徳川方が一斉に襲いかかったとして、塊の内部の将兵は戦えない。無駄な遊兵となる。彼我の戦力差を埋めて余りあるほどの遊兵が「敵陣内部に生じるはず」と家康は説くのだ。

「塊が塊のままに、一本の矢の如くになって突っ込んできたら？」

「ま、見ておれ。幾ら信玄でも、三万の軍勢を采配一つで、そう秩序だって動かせるものではないわ」

果たして、絶対に有利と思われた武田勢が、なぜか動かなかった。両軍が弓に矢をつがえ、鉄砲を構えて睨み合ったまま、戦線は膠着《こうちゃく》した。動かないのか、動けないのか。

「殿？」

平八郎が、また家康に振り向いた。

「されば様子見に、ワシが突っ込んでみまするか？　二町（約二百十八メートル）やそこらは押し込んでみせもうす」

「平八、動いてはならん」

「や、でも陽が暮れまするぞ」

「陽が暮れたら城に帰るまでさ。今は、睨み合っておけばそれでよい」

そう命じてから、家康は馬上で両腕を突き上げ、背筋を伸ばし、気持ちよさそうに少し唸った。面頬《めんぼお》の奥では欠伸《あくび》でもしている風情だ。

その様子を見た自軍のあちこちから、小さく笑い声が起こった。

（ああ、これが総大将ってもんだら）

茂兵衛は感心していた。あるいは欠伸は芝居かも知れない。本当は家康も怖くて仕方がないのかも知れない。しかし、たとえハッタリでも、指揮官が余裕を見せれば兵たちが浮き足立つこともないだろう。それと知って、己が恐怖心を封じ込め、欠伸の芝居をうてる。そこが総大将の器なのだと、茂兵衛が感心していると——

ダダン。ダンダン。ダンダン。

徳川本陣のすぐ左。味方の部隊からの発砲だ。

「な、なにごとか？」

家康が大声で質した。今は明らかに狼狽している。

「大久保七郎右衛門《おおくぼしちろうえもん》（忠世《ただよ》）様の陣より、発砲にござる」

「し、新十郎《しんじゅうろう》（忠世）のたァけ、やらかしおったか！」

家康が、忌々しげに罵《ののし》った。

あろうことか、三方ヶ原での戦端を開いたのは、劣勢であるはずの徳川方からだったのだ。

もっとも、大久保忠世が、なにか重大な失敗をしたわけではない。睨み合いが続く中、緊張が高まり、おそらくは事故に近い形で、構えた鉄砲が暴発したのだろう。つられて数丁が発砲し、さらには十数丁が後を追った。端緒は、ほんの一人か二人の鉄砲足軽の失態に過ぎなかったものが、それが契機となって両軍の睨み合いに終止符が打たれた。今度は武田が動いたのだ。

家康は三万の大軍を采配一つで動かすことの困難を口にしたが、武田勢の動きは一糸乱れぬ、それは見事なものだった。地殻変動かなにかで、広範囲な地面が動き出したような印象である。先鋒が突出することも、第二陣、第三陣が渋滞することも、後衛が遅れることもなく、粛々と押し出してきた。黒い怒濤のようにも、巨大な一頭の獣のようにも見える。それが目指す先は——厭離穢土欣求浄土《おんりえどごんぐじょうど》の旗印がはためく家康の本陣だ。

「く、来るがや。こっちへ来よるがや！」

不用意に誰かが、怯えた声で叫んだ。

その声に家康の乗馬が怯えて嘶き、暴れ始めた。家康は本来、乗馬の名手であるのだが、今日に限っては上手く制御ができない。轡《くつわ》取りの足軽は振り払われ、押さえようと跳びついた馬廻衆は前脚で蹴り飛ばされた。それを見た本陣内に大きな動揺が走る。

「まずいがや」

平八郎が舌打ちした。

魚鱗の陣は、鋒矢《ほうし》の陣とともに敵陣を一点突破するのに適した超攻撃的な陣形である。総大将が馬に手を焼いている隙に突っ込まれたら、徳川の本陣は蹂躙《じゅうりん》され、瓦解するだろう。

「よ〜し、平八郎隊、前へ！」

平八郎はここで、死兵となる覚悟を決めた。

死兵——つまり、決死隊である。

武田勢の前進を、己が騎馬隊の突進で食い止めるつもりだ。ただ、三万人の圧をわずか七十騎の騎馬武者と三十人の槍足軽で止められるとも思えない。つまりは死を賭しての特攻を決断した次第だ。

一方、茂兵衛は平八郎とは違った方向で決意を固めていた。家康から預かった足軽十名——忠吉は死んだから、今現在は九名だが——を、策も与えず戦場を右往左往させてはならない。秩序をもって効果的に戦い、できれば無事に帰城させることこそが自分の責務なのだ。

「ええか、騎馬武者衆の尻に隠れて走れ。馬に弾避けになってもらいながら走るのだ。乱戦になったら、決して一人にはなるな。少なくとも三人で組んで戦え。そして、全員生きて城に帰る！」

と、茂兵衛は配下の足軽たちに短く指図を与えた。

辰蔵以下、誰の顔も蒼白であるが、頼りになる小頭の言葉に幾度も頷いてくれた。もし彼らが茂兵衛の指図を忠実に守れば、彼らが城に生きて辿り着ける確率は、少しだけ高くなるはずだ。

そしてもう一人、茂兵衛は松平善四郎の面倒を見ねばならない。

善四郎は、小者に轡をとらせ、痩《や》せ馬に跨《また》がって槍を構えている。弓の腕は確かだが、それ以外は下手糞で使い物にならない。乗馬の技量もまた然り。今の姿で戦場を動き回れば、敵雑兵から格好の獲物と見做《みな》されてしまうだろう。

「善四郎様、馬からは下りてお戦い下さい」

「馬を？　嫌じゃ。私はこれでよい」

「弾や矢の標的となりもうす。敵兵も葵の御紋を着けた若様に群がって参りましょう。つまり命が幾つあっても足りませぬ」

善四郎は不満顔であったが、問答無用で鞍上から引きずり下ろした。

「ようし、かかれ！　死ねや者ども！」

平八郎が蜻蛉切《とんぼぎり》の大槍を頭上で旋回させ、青毛馬《くろうま》の腹を鐙で蹴ると、彼の部隊は黒い塊となり、敵を目がけて駆け出した。

四

ドコッ。

騎馬武者衆が、敵に突っ込む鈍い音が響いた。

いつ聞いても、重たく迫力がある。これでまた幾人かが確実に命を落としたのだ。そう思えば、血腥《ちなまぐさ》さを想起させる音でもあった。

突撃後も平八郎は、馬から下りることも、馬の足を止めることもしなかった。今回は、少なくとも二町（二百十八メートル）は敵の先鋒を押し戻さねばならない。背後にいる家康に、逃げる時間を与えるためだ。

しかし、平八郎隊の騎馬武者衆は、今までに経験したことのない強大な圧を感じていた。敵の先鋒を押し戻すどころか、むしろこちらの方が押されている。

先頭をきって突っ込んだ平八郎は、すでにもう三騎もの敵を突き殺していた。その鮮やかな槍捌きと、黒ずくめに金色の大数珠《じゅず》が際立つ偉容に気圧され、凡庸な先鋒隊なら、崩れぬまでも、半町（約五十五メートル）は退くものだ。

ところが、武田勢は踏み止まり、一歩も退かない。

「えいッ、とう、えいッ、とう」

低く野太い武者押しの声を止めず、顔を伏せ、ひたすら前に出てくる。衆兵《たいぐん》に腰を据えて押されては、寡兵は敵《かな》わない。平八郎隊は、ずるずると下がり、やがて敵の大波に飲み込まれてしまった。

こうなれば乱戦になる。

「ほりゃ！」

茂兵衛は槍の太刀打で兜武者を殴りつけ、背後から迫る足軽の下腹を石突で突いた。なにせ周囲は武田勢ばかりだ。一人一人止めを刺している余裕はない。相手が倒れさえすれば、生きていようがいまいが次の敵に向かった。

ブン。ギン。

右手からきた直槍の穂先が兜の錣《しころ》をかすめ、わずかに火花が散った。大柄な兜武者だ。兜の前立は小ぶりの三日月。敵愾心《てきがいしん》を剝きだしにして、さらに槍を繰り出してくる。茂兵衛は、槍の柄で受け流しながら一歩二歩と後退した。

（糞がッ）

思わず闘争心に火が点《つ》いた。

槍を横に薙《な》ぎ、敵の肩口を強《した》たかに殴りつけ、同時に、素早く得物を旋回させて足を払った。倒れたところを「えぐってやろうか」と構えたが、今は敵を殺すことより、自分が生きのびることが先決だ。この大混戦の中から、生きて這い出ることだけを考えるべきだ。見れば、すぐ傍らで善四郎が敵足軽に組み敷かれ、もがいている。足軽は槍を放り捨て腰の脇差を抜いた。首を獲る気だ。

（まずい！）

背後から、足軽の鉄笠に向けて槍を振り下ろした。

ガコン。

足軽は首をすくめたが、動きを止めることなく脇差を善四郎に振り上げた。組み敷いた兜武者の首に集中しており、己が身の安全を含めて、他のことは一切眼中にないのだろう。この首さえ獲れば、あるいは彼の人生は大きく変わるかもしれない。

足軽は、左手で善四郎の喉垂《たれ》を撥ね上げた。

「か、兜首ずら！」

と、叫んで、切っ先を無防備な首に突き立てようとしたその刹那、茂兵衛の槍が足軽の首を刺し貫いた。足軽は善四郎に覆いかぶさるように崩れ落ちた。

走り寄り、骸《むくろ》を足で蹴ってどかすと、善四郎が飛び起きてきた。興奮状態で震えている。「糞」とか「下郎」とか、汚い言葉を倒れた足軽に向け喚いている。

気持ちは分かる。

生まれて初めて敵と切り結び、組み敷かれ、防具を剝《は》がされ、首を獲られる寸前だったのだから。

「善四郎様、お走りなされ！　今は、この乱戦の輪から逃げることだけを考えなされ！」

「う、うん」

ガン。

背後から強かに突き飛ばされ、今度は茂兵衛が無様に転がった。どうやら、槍で背中をまともに刺されたようだ。姉川の戦いで辰蔵と丑松が朝倉兵の骸から剝ぎ取ってきた桶側胴《おけがわどう》は鉄板が分厚く堅牢だった。もし足軽時代のちゃちな御貸具足であったなら、串刺しにされ、茂兵衛は一巻の終わりだったろう。

一旦倒されたら、すぐに転がって逃げるのが心得である。攻撃側から言えば、敵を倒したら、転がって逃げられる前に、間髪を容れずに槍を突き立てるのが心得だ。果たして、茂兵衛が転がって逃げた刹那、敵の槍が地面に突き刺さった。

（あ、危ねェら）

数回転がってから槍を杖にして立ち上がった。

見回すと、善四郎の姿はない。逃げたらしい。少しつれなく感じたが、そもそも逃げろと命じたのは自分だ。

正面に大柄な兜武者が立ちはだかった。兜の前立は三日月。直槍を構えて茂兵衛に相対した。

（あ、さっき俺がぶっ倒した野郎だら）

背中を槍で突いたのは、この武士だろう。止めを刺しておかないと、こういうことがまま起こる。

「尋常に勝負！」

と、三日月武者は身を屈めて槍をしごいた。

勝負したい気持ちもあったが、今は逃げるのが先決だ。武田勢は、粛々と今も前進を続けている。現在茂兵衛たちが戦っている相手は、すでに先鋒隊ではなく、中軍辺りではなかろうか。たとえ首尾よく三日月武者を倒しても、次から次へと強敵が現れて切りがない。ここは逃げるに如かず。幸い間合いは十分にあったので、後ろも見ずに駆けだした。

「卑怯者！」

と、背中に罵声を浴びたが、元より振り返りもしない。

「わッ」

不意に横から槍の柄が突き出され、茂兵衛は足を払われた。両脚が宙に浮いて、槍もなにも放り出し、空でも飛ぶような格好で地面に這いつくばった。具足の縁が胸と喉を突き上げ、ひどく痛んだが、それよりも次の瞬間には敵の槍の穂先が飛んでくるはずだ。相手が誰かも確かめず、体を屈め、草の中を必死に転がった。槍は下手をすると二間（約三・六メートル）、三間（約五・四メートル）先まで届く。止まらず転がるのが心得だ。

（また槍を失くしちまったら。今さら取りに戻るわけにもいかねェが。親父、相すまねェ）

ドシン。

と、転がりながら亡父に詫びた。

なにかに衝突して体が止まった。

腰に帯びた打刀を抜く暇さえない。進退窮まって相手に抱き着いた。耳でも鼻でも食い千切ってやる覚悟だ。

「ん？」

茂兵衛が抱き着いた相手は、太さ一尺（約三十センチ）を超える老松の幹であった。

ゴツゴツとした樹皮を抱えるようにして立ち上がった。転がってきた方向を窺ったが、追跡者はいない様子だ。ホッとして顔を戻すと、松の幹の陰から、ニュッと面頬を着けた怖い顔が覗いた。

「わわッ」

善四郎の声が叫んだ。面頬の奥の目が恐怖に慄《おのの》いている。

「も、茂兵衛か？」

「おお、善四郎様、御無事で！」

そこは赤松の根方で、六尺（約百八十センチ）を超すススキの群生が周囲を囲んでいた。外部からは見えにくいし、臨時の隠れ家には丁度いい。

茂兵衛の「乱戦になったら、決して一人にはなるな。少なくとも三人で組んで戦え」との教えを守り、善四郎の他にも、辰蔵と寅八、それにもう二人、配下の足軽が隠れていた。丑松の姿は見えない。

「他の奴らは？」

配下の足軽は、丑松を含めてあと五人いるはずだ。全部で九人。忠吉の補充はまだ受けていない。

「敵に飲み込まれた時点で、もう散り散りよ。誰も彼も逃げ回ってた」

辰蔵が小声で答えた。周囲は敵ばかりと思っていい。

「お味方は、如何なりましたでしょうか？」

「さあな。ここからではなにも見えん」

と、善四郎が吐き捨てた。霧は晴れたが、背の高いススキが生い茂り、馬にでも乗らないと眺望は利かない。

「では、それがし、この松に上って辺りを物見して参ります」

「たァけ。鉄砲の的になるぞ」

辰蔵が茂兵衛の籠手《こて》を摑んで止めた。

「戦況が分からんと、どう動いてええか判断がつかんだろうが」

辰蔵の手を振りほどいて太い幹にとりついた。

老木はやや傾斜しており、上りやすかった。二間半（約四・五メートル）ほど上り、大枝に片足を乗せて周囲を見回した。前回、松に上ったのは掛川城《かけがわじょう》外だった。あのときは背後から銃撃され、酷い目に遭った。戦場と松の木——茂兵衛には験《げん》がよろしくない。

万人単位の野戦の場合、山頂にでも上らぬ限り戦場全体は見渡せない。松に上ったぐらいでは、戦況は分かりにくいのだ。そういう場合、茂兵衛は経験から、旗指物の動きを読むことにしている。

旗が整然と、粛々と前傾に揃って動く軍勢はやる気満々である。旗の色も鮮やかに見えるものだ。逆に、前後左右に旗がふれている軍勢は、将兵の気持ちが乱れ、逃げ腰になっている。旗の色も淡くくすんで見えるものだ。古来「旗色が悪い」という通りだ。

「御味方は、どうじゃ？」

松の根方から、焦《じ》れた善四郎が小声で訊いてきたが、茂兵衛はそれを手で制した。どう伝えていいものやら、判断がつかなかったからだ。

見渡す限り、武田勢の旗指物が戦場を圧倒していた。

白地に武田菱を鮮やかに染めた無数の幟が、整然と前傾し、南に向けて押していく。対する葵紋を三つ並べた徳川の旗はどこかくすみ、乱れ、統一の意思なく、算を乱し、これまた南へ向けて潰走していた。

家康の本陣を示す大金扇や厭離穢土欣求浄土の旗印、平八郎が掲げる鍾馗《しょうき》の幟を捜したが、眺める範囲では見つからなかった。

遥か彼方、橙《だいだい》色の巨大な母衣《ほろ》を背負った騎馬武者が十数騎、浜松方面へと逃げていくのが見える。母衣武者は家康の側近集団だ。あるいは、あの辺りに総大将がいるのやも知れない。

（こりゃ、いきなり大崩れだがや）

茂兵衛は心中で愕然とした。

家康の安否が心配だったが、もし総大将を討ち取れば、武田勢は大歓声を上げるはずだ。それが聞こえない現状では「まだ殿様は、生きておられる」と確信した。そのとき——

ズン。

と、振動が伝わり、顔から四寸（約十二センチ）ずれた松の幹に、銃弾が深々とめり込んだ。キナ臭いにおいがし、わずかに煙を上げている。

（おいおい、またかい）

慌てて松の木から飛び降りた。

「残念ながら、御味方は大崩れにござる」

「な、なんと……」

善四郎が肩を落とした。明らかに落胆している。

「ま、戦全体のことは、今は横に置いておきましょう。まずは我らがここから無事に離脱することが肝腎にござる。命さえあれば、御奉公は後からいくらでもできまする」

「うん、その通りじゃ」

「ほうだがね」

「ほうですら」

上も下も、皆が賛同してくれた。

気配を探れば、主戦場はさらに南の方角へと移動しているようだ。鉄砲を撃ち、鬨《とき》の声を上げ、活発に戦っているようだが、その声のほとんどは武田勢のものと思われた。

「シッ」

辰蔵が唇に人差指を立てた。

北の方角から人馬の気配がした。こちらへ近づいて来る。足音を忍ばせる様子はなく、堂々と草を踏んでいる——十中八九は敵だろう。

茂兵衛は一同に、身を低くするよう手振りで命じた。

姿を現したのは、長柄槍を担いだ百人ほどの足軽隊であった。足軽大将らしき騎乗の武士に率いられ、南を目指して小走りに進んでいる。

ススキの間から透かして見ていると、隊列の横を徒士《かち》の兜武者が幾人か並走している。走りながらも、配下であろう足軽たちの様子をチラチラと窺う様子が見て取れた。

（ああ、どこの国でも同じだら。とかく足軽小頭は気苦労が絶えん）

長柄槍とは、二間半（約四・五メートル）以上の長槍を指す。

農民から徴用された素人足軽に持たせる数物で、部隊の前面で槍衾《やりぶすま》を形成させた。武田勢のそれは、見る限りでは三間（約五・四メートル）——標準的な長柄槍だ。

一方、茂兵衛が率いる足軽たちは、槍一本で勝負する職業軍人である。多くは徳川の直臣として徴禄を食《は》んでいた。彼らが持つ槍の長さは二間（約三・六メートル）以下で、頑丈かつ丁寧に作られた持槍《もちやり》である。

（ま、同じ小頭なら、長柄隊より槍足軽を指揮する方がええ。やり甲斐が違うら。大体、長柄隊の指揮は、どうにも牛や馬を追っているようで、俺ァ好きになれん）

「ん？」

隊列から一人の足軽が離れ、小走りにこちらへやってきた。仲間にでも預けたか、槍を持っていない。小便だろうか。どんどんこちらに近づいてくる。

（おいおい、来よるが……拙《まず》いがね）

茂兵衛はふと、自分も槍を持っていないことに気づいた。最前、転がって逃げたときに手放してそれっきりだ。

「ちょいとお借りしますら」

小声で伝えて、善四郎の槍を手にした。どうせこれからは逃げるだけだ。善四郎も重さ一貫（約三・七五キロ）近くある槍を持って走るのは嫌だろう。

足軽はススキの群生に向かって用を足し始めた。茂兵衛たちが潜む繁みのすぐ傍だ。具足下衣や鎧直垂の股は縫い合わせていない。大便も小便も、股座に深くとった襞《ひだ》を掻き分ければ、そのまま足せる。

冷え込む中、余程我慢していたのだろう、小便はいつ果てるともなく延々と続く。傍らで、善四郎が固唾《かたず》を飲む音がした。

（いっそ、やっちまうか？　不意をついて喉を一刺し……声も出せまい）

善四郎から借りた槍の手だまりを確認した。悲しいほどに細く軽い。長さも少し短いようだ。

（こんなんで刺して、折れねェのか？）

善四郎にはよくても、茂兵衛には頼りなく感じる。「喉を一刺し」の自信が揺らいだ。

茂兵衛の背後で誰かが「うッ」と低く呻いた。

「！」

小便足軽がこちらを見た。茂兵衛と目が合った。まだ若い男だ。反射的に、槍の切っ先を足軽の喉元に突き付けた。足軽の小便がピタリと止んだ。

五

「や、山……？」

男が茂兵衛に質した。大方、今日の武田勢の符丁なのだろう。

「忘れた……ずら」

幾度か耳にした甲州弁の語尾をつけて、ニヤリと笑った。

「おい、おまん。長柄の足軽なら百姓の出だろ？　俺も元は東三河の百姓よ。武田に下らん義理立てして、お袋から貰った命を粗末にするな、ええか？」

「へ、へい」

「おまんは、なにも見ておらん。俺には気づかなかった。ええな？」

「へい」

足軽は一物をしまうと、茂兵衛に小腰を屈めて愛想笑いをし、仲間の元へと帰りかけた。そして、急に走り出した。

「ここに敵がおるぞ！　徳川の兜首が二人隠れとるずら！」

と、大声で叫んだのだ。

「あ、あの野郎ッ！」

などと毒づいている場合ではない。西に見える森を指さして「逃げろ」と一言叫んで駆けだした。

「こ、小頭！」

背後から呼び止められた。振り返ると、寅八だ。寅八が立てずに蹲《うずくま》っている。御貸具足の下から覗く野袴が赤黒く濡れていた。下腹部を深く刺されたようだ。

最前、誰かが呻いた責《せい》で、小便足軽に気づかれたが、あのとき呻いたのは寅八だったのだろう。

「立て寅八、死にたいんか？」

と、怒鳴りつけたが、立てそうにない。

善四郎と辰蔵と二人の足軽は、すでに森に向かって駆けだしている。

「寅八はもうダメだら。茂兵衛、早うこい！」

辰蔵が走りながら振り返り、相棒を呼んだ。

茂兵衛は迷った。寅八の傷は重い。早晩死ぬ運命だ。さらに、彼は大柄なのだ。担いで走るわけにはいかない。共倒れになる。

「小頭……置いていかんで下せェ。死にたくねェ」

と、大男が泣いている。茂兵衛は敵の長柄隊を窺った。数名の足軽が、徒武者に率いられこちらへ走ってくる。一刻の猶予もならない。

「寅八、少し痛むが辛抱せいよ」

因果を含めてから、寅八を右肩に担ぎあげた。腹の傷が押されて痛むのだろう、寅八は呻き続けたが、構わず走り出した。

大男を右肩に担いで走った。右手で寅八の体を押さえ、左手は善四郎から借りた槍を杖代わりに突いて進んだ。華奢《きゃしゃ》すぎて心もとなかった槍も、杖代わりに使う分には具合がよかった。

完全に息が切れていた。なにしろ寅八が重い。

膝がガクガクと笑い、蟀谷《こめかみ》の辺りでどくんどくんと拍動がした。

肩の寅八は、啜《すす》り泣きながら「小頭、すみません。恩に着ます」と繰り返していた。

背後から追ってくる数名の武田勢に先んじて、ようやく森の中へと走り込めた。決して大きな森ではないが、低木が繁茂しており、身を隠しやすかった。

「茂兵衛、こっちだら」

辰蔵の声に導かれて、枝の入り組んだ青木の繁みへと倒れ込んだ。放り出されても、寅八は大人しかった。まだ生きてはいるが、あまりの激痛に気絶したものらしい。本人にも茂兵衛にも、その方がいい。

「お、追手は何人だら？」

肩をゆらし、息を切らしながら、辰蔵に質した。

「五人だ……こっちも五人、やるか？」

青木の枝を透かして確認し、辰蔵が答えた。

「相手次第だら。敵がこの森に踏み込んでくるようなら、やってやる」

ただ、周囲は敵だらけ、できればやり合いたくはない。

武田勢は、森の際まで追って来たが、中に踏み込もうとはしなかった。及び腰で槍を突き出し、繁みの中を探っている。彼らも怖いのだ。

距離があり、切っ先は届かないが、見つかるのは怖かった。茂兵衛は、最前のように寅八が呻かぬよう、口を手で覆った。

敵足軽が一人、こちらへ近づいてきた。槍先で藪を突っついた後、奥を覗きこむような仕草だ。

(野郎、もし気づきやがったら、声を出す前に引き摺り込んで喉を搔き切ってくれる)

と、自由の利く左手で、脇差の鯉口を切って身構えた。

そのとき、小頭らしき武士が「逃げたらしい。戻るぞ」と配下に命じ、足軽たちは小走りに去っていった。

「も、茂兵衛?」

背後から善四郎が囁いた。

「はッ?」

「今、ワシは奴と目が合った。あの足軽は、ワシがここにおることを気づいておった。だ、大丈夫かな?」

しばし考えた。

小便足軽は結局、仲間に報せたのだ。今の足軽はどうだろう。

「多分、大丈夫でしょう。小便野郎は一人だった。敵を見て逃げたことは仲間には知られませぬ。一方、今の足軽が『敵がいた』と報せれば『なぜ黙ってた』と後から小頭に責められる」

「そ、そうだな」

果たして、武田勢が戻ってくることはなかった。武田にも徳川にも、臆病者はいるし、勇者もいる。

酉の上刻（午後五時頃）を過ぎると大分暗くなってきた。早く暮れれば、それだけ早く発《た》てる。茂兵衛は闇を待っていた。

古来、槍武者の心得は「刺して、捻る」である。刺すだけでは不足で、刺した後に、グイと捻り上げることが肝要という意味だ。槍の穂先は極めて鋭利だから、スッと刺し、そのまま抜くと、偶《たま》さか血の管でも破かぬかぎり、存外即死は望めない。ところが刺して捻ると、傷は内部で広がり、臓器への損傷も酷く、血も大いに流れ、致命傷となりやすい。

具足を脱がせ、下衣を寛《くつろ》げてみて、寅八の傷が重篤であることを茂兵衛は悟った。胴から草摺をぶら下げている揺らぎ糸の辺りを狙われて刺され、心得通り十分に捻られた酷い傷だ。血の管を断裂していないので即死はしなかったが、腸を傷めているはずだから早晩死ぬ運命である。

「ね、小頭……さっきは無理を言ってすみませんでしたね。重たい俺を、ここまで運ばせちまった」

「ああ、気にするな」

「ただ、もう十分でさ。俺も足軽をやって三年になる。この下っ腹の傷がどうにもならねェことぐらいは分かりますから」

「……」

「ね、小頭……や、茂兵衛さん？」

「うん？」

「あんた、独り者だよね？　決めた女でもいなさるのかい？」

「たァけ。ほんなもん、おらんがね」

──惚れた女はもう人の妻だ。

「だったらよ。俺が死んだら、俺の女房と娘……あんたに面倒見てもらうわけにはいかねェもんかね？」

「た、たァけ。おまんは死なんさ」

少しドギマギし、茂兵衛はまじろいだ。寅八の女房は豊かな農民の娘で、美貌というほどではないが、大柄で肉感的な体をしていた。

「このご時世だら。女一人じゃ生きられねェ。下らねェ野郎と一緒になってみろよ……女房は兎も角、娘が哀れでさ。いい子なんだァ。その点、あんたなら間違いがねェ」

「たァけ……」

大方、熱に浮かされているのだろう。好きに言わせておくことにした。

「俺、思うんだら。次に生まれてくるときはよ。あんたの子に生まれてきてェって」

「俺の子に？　おまんがか？　ハハハ」

荒唐無稽な話に思わず笑いがこぼれた。ちなみに、寅八は天文十五年の生まれというから、茂兵衛より一つ年長である。

「あんた、怒ると怖いけど、無道な真似はしねェ。足軽や小者にも優しい。それでいて戦場じゃ頼りになる。皆言ってるよ。あんた、侍大将になるって」

「ほうか、そりゃ楽しみだら」

「や、本来あんたみてェな人こそ、出世しなきゃいけねェんだ。ところが世の中は狂っててよォ。足軽を牛や馬と同じに見るような奴ばかりが偉くなりやがる」

「例えば誰だ？」

おどけて聞いてみた。

「ハハハ、あいつとか、あの野郎とかだよ……あんたが侍大将になって、殿様になったら、俺の子はお姫様だら。ええべべ着てよォ。ええ匂いの香木なんか焚《た》いてよォ。夢のよう……だら……」

そこまで言って寅八は目を閉じ、低く鼾《いびき》をかきはじめた。

気づけば、辺りはもう大分暗くなってきている。

（もうじき真っ暗闇になる。そうなったらこの森を出て南へ向かおう）

そう決めた茂兵衛の耳に、辰蔵と足軽の庄助が言い争う声が聞こえてきた。周囲は敵ばかりである。慌てて寅八の側を離れ、喧嘩に介入した。

「たァけ、でけェ声を出すな」

と、辰蔵の鉄笠を掌で軽く叩いた。

「や、庄助の野郎が、寅八を運ぶのは嫌だと抜かしやがるからよォ」

「だって小頭、ありゃもうダメでしょうが」

「多分な。でも、まだ生きとる」

「寅八を連れて行くと、足が遅くなる。下手すりゃ、奴の責で全滅ですがね。どうせ助からねェなら、ここに置いてゆくべきですら」

「だめだ。寅八は連れて帰る」

「どうして？　足手まといになるだけですら」

「朋輩《ツレ》だからよ」

「朋輩って……」

庄助が冷笑して顔を背けた。元々庄助と寅八は、馬の合う方ではない。

「好きや嫌いじゃねェ。もしおまんが寅八みたいになっても、俺ァおまんを連れて帰るよ。息があるうちは絶対見捨てられねェ。仲間が連れて帰ってくれる。そういう安心がなけりゃ、戦なんぞやっとれんだろう？　足軽十人で組を作るってのは、つまり、そういうことだら」

さすがに庄助も黙った。

「しかし、庄助の言い分にも一理はある。寅八は大男じゃ。運べるのか？」

不安顔の善四郎が茂兵衛に質した。

「それがしが担いで参ります。寅八の甲冑《かっちゅう》や刀は、全部ここに捨てていくし、なんとかなります」

「小頭の方が、へばっちまいますがね。お城まで二里半（約十キロ）はある」

辰蔵が気遣ってくれた。辰蔵は善四郎の前では茂兵衛のことを「おまん」ではなく「小頭」と呼んでくれる。これも、辰蔵なりの気遣いだ。一方、丑松は誰の前でも「兄ィ《あに》」で通す。丑松は無事であろうか。弟の身が案じられた。

「ま、そんときは、庄助と平五郎《へいごろう》に、ちょっとだけ担いで助けてもらうさ」

と、笑顔で庄助の肩を叩いた。平五郎はもう一人の足軽の名である。この男は茂兵衛組の中では丑松に次いで頭がトロい。

「寅の野郎は嫌いだけど……小頭の助けになるなら、なんぼでも担ぎますがね」

庄助がぶつぶつと返した。

「ありがとよ、庄助」

善四郎が、じっと茂兵衛を見つめていた。笑ってるような、怒ってるような、なんとも不思議な表情だ。

「なにか？」

「え？　や、別に……」

少年は茂兵衛から視線を逸らし、動揺を隠すように、草鞋《わらじ》の紐を確認した。

六

酉の下刻（午後六時頃）になると辺りは完全に暮れた。茂兵衛は出発を決意した。ここから浜松城までおよそ二里半（約十キロ）の敵中突破となる。

寅八は担がれるより、背負われた方が痛まないというので、そうすることにした。辰蔵がどこからか帯を探してきて寅八を茂兵衛の背中に縛り付け、固定してくれた。これなら、いざというときに両手が使える。ただ、暗いので色までは分からないが、帯の湿り気はおそらく血であろう。どこぞの死体から引き剥がしてきたものと思われた。

（まったく、辰の野郎はこればっかしだがや。気色悪いのう）

と、心中では愚痴が出たが、勿論、口や顔には一切出さなかった。所詮、辰蔵と茂兵衛では、血や死体や生首に対する感じ方が違うのだ。九年前に夏目次郎左衛門の屋敷で初めて会ったときからそうだった。辰蔵は、それらを「もの」として見るが、茂兵衛は「人の一部」として見てしまう。そして茂兵衛自身、自分の感じ方のほうがこの乱世にあっては「普通でない」こともよく承知していた。

夜目の利く丑松がいないのは残念だが、わずかな雪明かりを頼りに、浜松城のある南へ向けて歩いた。

先頭は気が利く庄助、次に善四郎、寅八を背負った茂兵衛が続き、平五郎と辰蔵が殿軍を務めた。

善四郎が歩みを止め、後ろからくる茂兵衛を見つめている。

（さっきから、なんだろうね？）

と、訝《いぶか》しがりながら、会釈して追い越した。

「茂兵衛は優しいな」

後からきた辰蔵に善四郎が声をかけた。

「へい。でも優しいだけではねェですら。いざというとき頼りになる」

「勿論そうじゃが……」

「茂兵衛の組下になった足軽は幸せですら」

それだけを言い残し、辰蔵も歩み去った。善四郎は闇の中にしばらく一人で立っていた。

だいぶ静かにはなったものの、まだ戦闘は続いているものらしく、左手前方、南東の方角から時折、銃声や馬の嘶き、鬨の声などが聞こえた。そこには近づかぬよう、できるだけ西に進路をとった。

だからといって、軽々しく三方ヶ原を下りるのも危険だ。三方ヶ原は台地で、水の便が悪く稲作には不向きだ。農家もほとんどない荒地である。ところが三方ヶ原を下りれば、水は潤沢になり、豊かな水田が広がっている。大きな村もある。

となると「落武者狩り」が怖い。九年前までは茂兵衛自身「狩る方」だったのだから事情には通じている。特に、夜ともなれば百姓たちは遠慮がなくなる。武田だろうが徳川だろうが、竹槍や錆刀《さびがたな》で見境なく殺して身ぐるみを剝ぐ。躊躇《ちゅうちょ》はないはずだ。現に、最前失くした笹刃の持槍は、死んだ親父が、領主である戸《と》田《だ》方の武士を殺して奪った品だったのだから。

台地の上を行けば武田勢が怖く、台地を下りれば農民が怖かった。しかし、どちらかを選ばねば浜松城へは戻れない。

一刻（約二時間）ほど歩いた。戌の下刻（午後八時頃）を過ぎたあたりか。敵の気配がする度に身を潜めるし、休息もとるので、まだ一里（約四キロ）ほどしか来ていない。

「もう追分は過ぎたのか？」

善四郎は疲労困憊の態である。肉体の疲労以上に、精神が参っているようだ。槍は杖代わりに茂兵衛が持ち、脱ぎ捨てた兜は、後からきた辰蔵が拾い、鉄笠の代わりに被っている。

「先ほど横切った広い道が、おそらく本坂道かと思われますので、追分はすでに左手後方にございましょう」

茂兵衛が背中の寅八を気遣いながら善四郎に答えた。

本坂道は天竜川東岸の見付宿《みつけじゆく》から、三方ヶ原の追分を通り、浜名湖の北を巻き、本坂峠を越え、東三河の御油宿《ごゆじゆく》に至る十五里（約六十キロ）の主要な街道である。

「小頭、あれ」

先頭を行く庄助が指さした。

西の方角から、十数本の松明《たいまつ》が近づいてくる。距離は三町（約三百二十七メートル）ほどか。

「落武者狩りかな？」

不安そうに善四郎が小声で訊ねた。

「分かりませぬが……用心はしないと」

「百姓十数人が相手なら、追い払えないか？」

「松明が十数本でも、竹槍を持った者が十数人とは限りませぬぞ」

「ま、そうだが」

「百姓と揉める声を聞きつけて、武田方がやってくるかも知れませぬし」

「そ、それはいかん」

一行は、松明を避けるように、東へ向かって進み始めた。茂兵衛の読みではこのまま進めば、追分から南下する半僧坊道にぶつかるはずであった。その辺りに武田勢の姿が見えないようなら、歩きやすく迷いにくい半僧坊道を南下して浜松城に向かうのも悪くない。

茂兵衛も疲れていた。なにせ大男の寅八を背負い、一刻（約二時間）以上も歩いているのだから。

「な、茂兵衛さん？」

「ん？」

背中の寅八が耳元で囁いた。声に力がない。大分消耗しているようだ。

「このまま黙って死ぬわけにもいかねェから、あんたにだけ言うが……あの盗まれた三百文ね」

「永楽銭か？　どうした？」

疲れていて、眠くて、正直どうでもいい話題に思えた。もうすでに終わった話である。

「実はあの後、半分だけ戻ってきたんです」

「も、戻ってきた？」

眠気が覚めた。

「へい」

「ほう。盗《ぬす》っ人《と》が返したのか？」

「誰か知らねェが、俺の打違袋《うちかいぶくろ》に永楽銭が百五十文入ってた」

盗っ人騒ぎのとき、寅八の荷物は、辰蔵と二人で丁寧に調べた。百五十文もの永楽銭を見逃すはずはないから、寅八の言う通りで、後から誰かが戻したものだろう。

「それがよう。忠吉が水を盗んで御成敗された後のことなんですよ」

「え？」

思わず足が止まり、前後を見回した。皆疲れ果て、ばらばらに歩いている。誰かに聞かれる心配はなかった。

「つまり、盗っ人は忠吉じゃなかったってことかい？」

「へい。俺は奴を疑ったが、見当はずれだったかも知れねェ」

どう返事をしていいのか分からず、また歩き始めた。

濡れ衣を着せられた忠吉は哀れだが、元はと言えば、己の手癖の悪さが災いしたことだ。さらに、自棄《やけ》を起こして大事な水を盗み飲んだのは事実なのだから、ほとんど身から出た錆《さび》である。たとえ最初の盗みが冤罪だったとしても、茂兵衛や善四郎や寅八が責任を感じ、悔やみ、悩む必要まではないと割り切った。

「俺さ。あの世で忠吉に一言『すまねェ』って詫びるつもりだら」

「ああ、そりゃええな。きっと分かってくれるがね」

「アンタに話してよかった。胸のつかえがとれた。茂兵衛さん、ありが……と、な……」

しばし沈黙が流れた。

「あ！」

今、寅八が死んだ。すぐに分かった。

背負っていた寅八の体がフッと軽くなったのだ。一瞬で目方が下がるはずはない。きっと何かが、彼の体から抜け出したのだろう。

茂兵衛は、寅八の体を縛り付けていた帯を解《ほど》き、骸を地面に横たえた。

後からきた辰蔵と平五郎も足を止めた。

「死んだのかい？」

「ああ」

「ナンマンダブ、ナンマンダブ、ナンマンダブ」

三人で合掌し、三回念仏を唱えた。

さらに歩いた。今は亥《い》の上刻（午後九時頃）を過ぎたあたりか。

周囲は武田勢の気配が濃く、気が休まらなかった。ひたすら、東へ歩いた。

「もう随分来たぞ。半僧坊道に出ぬな」

「なに、もうすぐでござる」

と、善四郎には応えたものの、暗いので半僧坊道に気づかずに横切ってしまったのかも知れない。

茂兵衛は空を見上げた。無数の星が見える。天気は回復しているようだ。陰暦の二十二日、もう一刻半（約三時間）ほどで東の空に半月が上る。

「こ、小頭！」

先頭を行く庄助が歩みを止めた。見れば、北の方からおびただしい数の松明が近づいてくる。あれは落武者狩りなどではない。その数からして武田の本隊に相違ない。徳川の残党を狩りつつ、浜松城を目指して進軍しているのだ。

東に進んでいた茂兵衛たちも、松明の群れに押されるようにして、南へ南へと進む方向を変えざるを得なかった。
「三河？」
ふいに、ススキの繁みの中から声がした。「三河」と呼べば「安祥《あんじよう》」と応える
のが本日の徳川方の符丁である。
「あ、安祥」
茂兵衛が闇に向かって応えた。
「味方じゃ」
それでも一応、槍を構えた。茂兵衛たちも武田側の符丁を知っている。三方ヶ
原を彷徨《さまよ》う間に幾度も耳にした。「山」と呼んで「谷」と応えるのだ。武田勢も
徳川の合言葉を知っていて、おびき寄せるための罠かも知れない。
向こうも警戒しているのか、しばらく出てこなかったが、やがてススキを掻き
分けて背の高い兜武者が現れた。面頬は外しているようだが、暗くて顔までは分
からない。
「どこの組か？」
茂兵衛は、黙って突っ立っている善四郎の肩を後ろから小突いた。名目上、こ
の組の頭は善四郎である。

「あ、旗本先手役本多平八郎隊、松平善四郎以下五名にござる」

「おお、これは善四郎殿、御無事でなにより。それがし、日下部《くさかべ》兵右衛門《へいえもん》にござる」

日下部は、家康の馬廻衆の一人で名誉の母衣武者である。今はさすがに母衣は背負っていない。逃げるにも隠れるにも、目立つ母衣は邪魔になる。

善四郎と日下部は顔見知りらしく、双方の疑心暗鬼はすぐに晴れた。

驚いたことに、繁みの奥に総大将の家康が隠れていた。

六人の馬廻衆と足軽が二人、家康以下わずか主従九人である。馬も乗り捨てたらしく、全員が徒歩であった。

「善四郎、無事であったか」

倒木に腰掛けた家康が、跪いて叩頭する善四郎の肩に手を置き、優しく声をかけた。

「と、殿……」

善四郎は、親戚の年長者に会って感極まったのか、啜り泣きし始めた。

(夕刻から随分と酷いめに遭ったからな。ま、泣くのも仕方ねェら)

茂兵衛は背後で畏《かしこ》まりながら、善四郎の小さな肩が揺れるのを眺めていた。

「これで十四人、信玄相手にもうひと戦できそうじゃな」

啜り泣く少年を眺めていた家康が呟いた。周囲の馬廻衆たちが小さく笑った。

「おそれながら……四半刻（約三十分）ほど前、おびただしい数の松明を見ましてございます。大軍勢が北から南へと向かっておりました」

茂兵衛が言上した。たかが徒侍《かちざむらい》が僭越《せんえつ》かも知れないが、事態は急を要する。

「すぐにも南下したいところじゃが、生憎《あいにく》、この先に敵が陣を敷いておる」

「東は？」

「そもそも、お前は誰じゃ？」

苛立った日下部が、茂兵衛に質した。

「本多平八郎麾下の足軽小頭、植田茂兵衛にございまする」

「あ、足軽小頭だと？」

日下部が、徒侍の僭越な行為に色をなした。

「や、平八のとこの植田という者は知っておる。聞き覚えがある」

と、家康が日下部を制した。本当に知っているとも思えなかったが、とにかく家康は、茂兵衛に意見を求めた。

「植田とやら。お前、ここが何処《どこ》か正確に分かるのか？」

月もない闇の中、主従は道に迷っていたようだ。

「追分の南、わずかに東へ進めば半僧坊道に出る、その辺りかと存じまする」

「城へどう帰るつもりだったのか？」

「されば、半僧坊道まで出ますする。南を窺って敵が少ないようなら、そのまま南下する。もし敵の気配があるようなら、さらに東へ進んで三方ヶ原を下り、二俣街道に出るつもりにございました」

「兵右衛門、どう思う？」

「ま、誰でも思いつく策にござる……いずれにせよ、物見を」

「うん。お前は植田を連れて半僧坊道まで参れ。そこから日下部は東へ進み、植田は南へ下ってよくよく物見致し、復命せよ。疾く行け」

「ははッ」

母衣武者と足軽小頭が同時に叩頭し、走り去った。

「善四郎？」

家康が善四郎に向き直った。

「あの植田という者は、お前の寄騎か？」

「御意ッ」

片膝を突き控えていた少年が、嬉しげに面《おもて》を上げた。

「平八がお前に付けたのか？」

「御意ッ。ただ、寄騎であると同時に、よき師匠にございまする」

「師匠……戦の師匠か？」

「ま、戦を含めまして……」

ここで善四郎は小さく息を吸った。そして吸った息を吐くようにして言葉を継いだ。

「じ、人生全般……にございまする」

「人生全般の師匠？　ほう、面白いな」

と、敗軍の将が闇の中で少し笑った。

七

亥の下刻（午後十時頃）を回ったが、まだまだ月は出ない。わずかに積もった雪明かりだけが頼りだ。茂兵衛と日下部はススキに身を隠しながら、小走りに東へ向かっていた。半僧坊道に出たことは、すぐに分かった。見過ごす心配などなかったのだ。昼に一万からの軍勢が通った道は、草が薙ぎ倒され、まっすぐ平坦に南北を結んでいた。

「植田、ワシはこのまま東へ進む。お前は南へ下って物見せよ」

「ははッ」

家康に命じられたままである。腹の中では「おまんに言われんでも、そうするわい」と毒づいていた。この手の御仁は度《ど》しがたい。騎乗の身分でない者は武士ではないと、否、人ではないと思っているに相違ない。

茂兵衛は単身、半僧坊道を五町（約五百四十五メートル）ほど南下した。

ダン、ダンダン。

前方に黒く静まっていた森の中で火花が見え、銃声が木霊《こだま》した。続いて十騎ほどの騎馬武者と、徒武者を会わせて三十人ほどの一団が、森から駆け出して、街道をこちらへと向かってくるのが見えた。

茂兵衛は、そっと道から逸れ、藪の中に身を隠した。北へ逃げてくるのだから武田勢の可能性が高い。おそらくは森の中で徳川勢の反撃を受け、味方の陣へと逃げ帰っているのだろう。

やり過ごすつもりで繁みに伏せ、様子を窺っていた茂兵衛だが、弾かれたように立ち上がった。

雪明かりに照らされて先頭を走る騎馬武者の兜に、見覚えがあったのだ。頭形《ずなり》兜の前立が独特で、金箔を押した南無阿弥陀仏の六文字——夏目次郎左衛門だ。その後方には、立物《たてもの》がなく頭頂部のやや尖った桃形《ももなり》兜が一騎——こちらは大久保四郎九郎に相違ない。二人は、浜松城の守りについていたはずだ。

茂兵衛は街道に飛び出し、両手を大きく広げて馬を止めた。

「も、茂兵衛か？」

手綱を引き、馬を輪乗りさせながら次郎左衛門が叫んだ。

「夏目様、どうしてこちらへ？」

「殿がまだ帰城されん。居ても立ってもおられんで、こうして出張《でば》って参った」

「それは好都合」

と、茂兵衛は次郎左衛門の馬に駆け寄った。総大将の消息である。大声で言える話ではない。

「殿様は、ここから数町北の繁みの中に、十人ほどに護られて潜んでおられまする」

「御無事なのか？」

「今のところは」

「聞いたか四郎？」

「はい。きっと弥陀のお導きに相違ござらん」

「さもあらん。茂兵衛、案内せい」

「へいッ」

と、思わず足軽の頃のような返事をしてしまった。時間が、九年前の野場《のば》城《じょう》に巻き戻った気がした。茂兵衛は一団の先頭に立ち、勇んで走り出した。


子《ね》の上刻（午後十一時頃）になると、兜を脱ぎ、倒木に腰掛けた家康を囲んで、即席の軍議となった。家康以外は皆、地面に片膝を突き畏まっている。

南からやって来た次郎左衛門が、この場所と浜松城の間は武田勢で満ち満ちている旨を報告し、まず南へ向かうという選択肢は消えた。北からは信玄の本隊がこちらへ向かっている。西へ走って三方ヶ原を下る策もあるが、落武者狩りの農民を蹴散らさねばならない。さらには、かなりの遠回りになってしまう。朝になれば武田勢に見つかりやすくなる。いずれも支障がある。

その中にあって、東へ向かった日下部だけが、三方ヶ原からの下り口を発見し、敵兵の姿もない旨を報告した。

「東へ向かうしかあるまい」

家康が断を下した。

次郎左衛門が立ち上がり、家康の背後に置かれた兜に黙って手を伸ばした。

「なにをするか？」

家康は、次郎左衛門の肩に手をかけて制止した。

「恐れながら次郎左衛門、殿の御兜、暫時《ざんじ》お借りしとうございまする」

家康の兜は、南蛮鉄で作られた堅牢なものだ。頭頂部からヤクの白い毛を生やしているのが特徴で「唐《から》の頭《かしら》」とも呼ばれ、他国にまでよく知られていた。次郎左衛門がそれを「借りる」ということは、敵に襲われたとき家康の身代わりとなって死ぬことを意味している。

「次郎左衛門、無用じゃ。そこまでする必要はない」

家康の不快げな表情が意外にはっきりと見えた。おりしも東の空に、半月が上ったのである。

「お言葉ながら、ここにおるのは四十騎足らず。対する武田勢は三万。あらゆる手立てを用いねば、逃げきれるものではございませぬぞ」

「しかし次郎左衛門、お前、端から死ぬ気ではないか！」

家康の語尾が、わずかに震えた。

「それがしが死に、殿お一人が生き残るわけではござらん。今は大敗を喫したとは申せ、討死はたかだか千か二千……御味方には、いまだ一万に近い兵が、さらに三河には五千が無傷で残っておりまする。今後、織田家の援軍も得られますれば、まだまだやれる。それがしは、殿と徳川と三河の邦民《くにたみ》、すべてを生かすために、一足お先に弥陀の元へ参るだけにござる。殿が気に病まれることではござらん」

と、家康の膝を摑み、子が親に菓子をねだるように揺すった。

「北より、おびただしい数の松明がやって参ります」

周囲を警戒していた辰蔵が、小走りにやってきて報告した。

「御免」

次郎左衛門が立ち上がり、有無を言わせず唐の頭を手にしたが、家康は肩を落とし項垂《うなだ》れるばかりで、制止することはなかった。

「さて各々、城に帰ろうぞ！」

白い獣毛を長く生やした兜を被り、次郎左衛門が叫んだ。

一同は、東へ向けて走った。半里（約二キロ）進めば二俣街道に出る。そこから一里（約四キロ）南下すれば浜松城の搦手《からめて》である玄黙口《ひがしもん》だ。

家康、御一門の善四郎、日下部以下六人の馬廻衆には、次郎左衛門の郎党衆が乗っていた馬を譲った。その八名と次郎左衛門と大久保、都合十名が騎乗で、あとの三十人は徒歩である。

茂兵衛は、辰蔵と庄助と平五郎を連れて最後尾を走った。殿軍である。次郎左衛門が連れてきた兵は、城番を——つまり後詰《ごづめ》を言いつけられた者たちだ。年配者や農民上がりが多く、戦闘力において、旗本先手役に選抜された槍遣いの三人とは比べようもないからだ。

また、家康の馬廻衆は「意外と頼りにならん」と常日頃から平八郎はこぼしている。馬廻衆は家康の最側近であり護衛隊でもある。武勇に秀でた者揃い——が建前だが、家柄や血筋を重んじ過ぎた結果、「槍の腕は二の次になっておる」と平八郎は嘆くのだ。いざ敵と遭遇したとき、本当に頼りになるのは、自分を含めたこの四人だけである。

走りながら左の方を窺えば、無数の松明が迫ってくる。徳川の敗残兵を捜す武田の大軍だ。なまじ見通しの利く荒地なので、松明の海が無限に広がり、四方を囲まれたような錯覚を覚えた。

（や、敵は北からやってくるだけだら。東へ向けて走る先に灯りは見えねェ）

果たして北から、左手前方から鬨の声が上がった。

百本あまりの松明が、先頭を進む騎馬武者たちに襲いかかったのだ。茂兵衛は背後を振り返った。闇が広がっており、松明は見えない。

「ええい、糞ッ」

こんなことなら殿軍など固めずに、馬について走るべきだった。今さら悔やんでも遅いが。

「辰蔵、行くぞ！」

槍を抱えて走り出した。三人の槍足軽も小頭に従って駆けだす。

騎馬武者たちはすでに乱戦の中にあった。

駆けつけた茂兵衛の目の前で、馬廻衆の一人が下腹部を槍で突かれ、悲鳴を上げて落馬した。相手は徒武者に率いられた槍足軽たちだ。騎馬武者は徒士の敵に取り囲まれ、下から槍で突き上げられるのに弱い。本来なら、騎馬武者も馬を捨てて徒士となって応戦すべきところだが、これから城まで一里半（約六キロ）も武田勢や落武者狩りの追跡を振り切って逃げねばならない。安易に馬を捨てるわけにはいかないのだ。

辰蔵たちを率いて、敵足軽隊と騎馬武者たちの間に割って入った。

兜武者が槍を向けてきた。この男、面頬と喉垂を着けていない。不用心なことだ——ま、茂兵衛も同じだが。

「えいさッ」

太刀打の辺りで敵の槍をいなし、そのまま穂先を喉に突き刺した。兜武者が血を噴いてドウと倒れる。そのまま横に薙いで、足軽一人を殴り倒し、二歩踏み込んで、別の足軽の顔を刺した。穂先は後頭部にまで突き抜けた。

瞬間的に三人を倒され、動揺した敵足軽隊は数歩退いた。

「こらァ。死にたい奴ァ、前へ出ろ！」

と、一声吼え、槍を振り回しながら数歩踏み込むと、敵はさらに後退した。

「今だ、逃げろ！」

と、振り向いたが、騎馬武者たちは走り出さない。今や四方を松明に囲まれているのだ。進退窮まったか。

「死ぬる。ここでワシも死ぬ！」

次郎左衛門に代わり南無阿弥陀仏の兜を被った家康が、狂乱し馬上で叫んでいる。すかさず、次郎左衛門が馬を寄せた。家康の馬の轡を握り、馬首を東へと向けた上で――

「おさらばにござる！」

そう叫んで、己が刀の棟で家康の馬の尻を強かに叩いたのだ。

家康を乗せた馬が、驚いて走りだし、松明の群れを蹴散らし、東に向けて駆け去った。

「日下部殿、後は頼んだ！」

「委細承知！　夏目次郎左衛門殿、浄土で会おうぞ！」

と、日下部以下の馬廻衆も家康の後を追う。

「夏目党、集まれ！」

家康主従が駆け去るのを確認した上で、次郎左衛門が呼ばわった。郎党たちが主人の馬を囲むようにして集まってきた。茂兵衛と野場城で苦楽を共にした顔も幾人か見えた。

「これから突っ込む。今生ではおまんらになに一つ報いてやれなんだ。許せ」

あちこちから、郎党たちの啜り泣く声が聞こえた。

「茂兵衛」

次郎左衛門が茂兵衛を見た。

「はッ」

「今のおまんは、ワシの家来ではない。おまんをここで死なせては、殿様と平八郎殿に義理が立たん……おまんは連れていかん。殿の後を追え」

「夏目様、茂兵衛も御一緒させて下セェ。こんな別れ方は嫌だ——」

と、身を乗り出す茂兵衛を、辰蔵ともう一人が背後から抱き止めた。見れば善四郎ではないか。

「ぜ、善四郎様？」

「茂兵衛、ここは辛抱じゃ。殿の後を追おう」

善四郎は、家康と共に逃げれば逃げられたものを——なぜ馬を捨て、ここに残ったのだろう。

次郎左衛門が鞍上で伸びあがり、大音声《だいおんじょう》を張り上げた。

「我こそは、徳川三河守家康なり。我と思わん者は、この唐の頭を切り獲り、末代までの語り草とせよ！」

と、兜の頭頂部から生えた白いヤクの毛を振って、武田勢を挑発した。

甲斐や信濃でも知られた、白く長い獣毛が、月明かりの下で揺れている。

「お――――ッ」

武田勢の間から、押し殺したような異様な雄叫びが上がった。兵たちの我欲と功名心が発する声だ。家康の首を獲れば、その者の人生は変わる。信玄は如何なる恩賞も惜しまないだろう。

「夏目党、続け！」

次郎左衛門が鐙を蹴った。

「茂兵衛、おまんと会えてよかった。達者で暮らせ」

大久保四郎九郎が面頰の中でにこりと笑い、鐙を蹴って次郎左衛門に続いた。夏目党の郎党たち全員が遅れじと次郎左衛門と大久保の後を追った。

「大久保様！」

六栗《むつぐり》村の館で、植田姓を夏目と大久保につけてもらった日の情景が頭を過った。

走り出そうとした茂兵衛に、辰蔵と善四郎がすがりついてきた。体力差がある。ずるずると引き摺った。

「おまんは、俺らの小頭だら！　俺らを城まで連れて帰ってくれ！」

引き摺られながら辰蔵が涙声で叫んだ。

「私はお前らの頭じゃ。配下の者を捨てておけんから、こうしてこの場に残った。茂兵衛はどうだ？　あ⁉　辰蔵と庄助と平五郎を見捨てて一人で勝手に死ぬのか！　私を見捨ててお前は死ぬのか！」

同じく引き摺られながら善四郎が咬みついた。振り返ると、庄助と平五郎が立ち尽くし、呆然と茂兵衛を見ている。まるで親に捨てられる幼子のようだ。

茂兵衛がようやく足を止めた。

半町（約五十五メートル）ほど先で、次郎左衛門を先頭に夏目党が武田の大軍の中へと突っ込み、見えなくなった。

「よし……殿の後を追おう。続け」

と、家康が走り去った方角に向け、五人は走り出した。一町（約百八メートル）ほど走ったとき、背後で武田勢の歓声が上がった。次郎左衛門の骸から首を切り取って、誰かが高く掲げでもしたのだろう。

（糞ッ……ナンマンダブ。ナンマンダブ）

恩人二人を見殺しにして逃げる自分が情けなくて、不甲斐なくて、鼻水を啜り上げながら、心中で念仏を三度唱えた。

（や、念仏どころじゃ済まねェ。俺ァ、あのお二人には義理があるんだ。やるべ

きことはやる)

茂兵衛は振り返り、月明かりを頼りに、この場所の地形、松の枝ぶりなどを頭に叩き込んだ。

第四章　犀《さい》ヶ崖《がけ》に一矢を報いる

一

丑《うし》の下刻（午前二時頃）までには、茂兵衛ら五人は二俣街道《ふたまたかいどう》を南下し、浜松《はままつ》城《じょう》まで四半里（約一キロ）の距離にきていた。

結局、家康の馬には追いつけそうにない。ただ、今までのところ、街道に武田勢の姿はなく、農民による落武者狩りも出没していないようだ。茂兵衛らの道中は平穏だった。おそらくは同じ道を先行している家康一行も、無事に城へ戻れたのではあるまいか。

二俣街道に出て、しばらくしてから気になり始めたのだが、遠雷のような響きが伝わってくる。一定の間隔を置いて、低く重く「ドオン、ドオン」と、南の方角から聞こえてくるのだ。

城に近づくに従って、雷かと思われた音が、実は太鼓であることに気づいた。日頃から浜松城では、夜明けと夕暮れの一日二度、櫓上で時を報せる太鼓を叩くのを通例としていた。その大太鼓の音らしい。太鼓ばかりではない。城郭が見えてくると、篝火《かがりび》が煌々《こうこう》と焚《た》かれ城全体が照らし出されている。さらには、城門がすべて大きく開け放たれているではないか。とても、これから三万の大軍を迎え撃とうとする城には見えない。

「あれは、空城の計じゃな」

五人の中では、唯一学のある善四郎が説明してくれた。

「中国の兵法書にある捨て身の策じゃ」

魏晋南北朝《ぎしんなんぼくちょう》時代の三十六計に——魏に野戦《のいくさ》で敗れた蜀《しょく》の諸葛孔明《しょかつこうめい》が、城に戻ると城の内外を掃き清めさせた上で城門を開き、兵を隠し、自らは楼台に上り琴を奏でた。追ってきた魏の将軍である司馬仲達《しばちゅうたつ》は「孔明の罠に相違ない」と警戒し、兵を退いた——とあるそうな。

「や、でも城門ぐらいは閉めとかねェと……中国《もろこし》では上手くいっても、信玄の野郎が兵を退くとは限らねェですら」

辰蔵が混ぜっ返した。

「ま、一か八かの奇策よ」

「それほどの奇策なら、殿の御下知がなくては許されないのでは？」

茂兵衛が、少し視点を変えてみた。

「うん。家老や城代の一存でやれる策ではない。一つ間違えば、手もなく落城と相成ってしまうからな」

「つまりこれは、殿様が御無事で城に入られた証《あかし》にござろう？」

「なるほど」

「ああ、殿様は御無事だら。城に戻られたんだら」

一同の疲れた足が急に軽くなった。

ただ茂兵衛は、家康の狙いは別にあるように感じていた。

（奇策が成功するのは初手の一回きりさ。中国の武将がハッタリで城を護ったからって、あの諸事抜かりのねェ殿様が、一か八かで二番煎じをするとは俺には思えねェ）

「あの太鼓は殿が叩いておられるのやも知れんな？」

「ほうですら。琴よりは太鼓の方が威勢がええですがね」

さだ。

「ハハハ、左様じゃな」

善四郎と辰蔵が冗談を言い合い笑っている。とても敗軍の兵とは見えない元気

(多分これだら。殿様の一番の狙いはよ)

次郎左衛門は藪の中での軍議の席上「千や二千が討死しても、まだ一万近くの兵が残っている」と家康を励ましていた。

本当にそうだろうか。

あの武田信玄に完敗したのだ。農村から徴発されて嫌々ながら長柄槍を持たされている足軽たちの幾人が、律儀に城へ戻るだろう? ここ三年、四年で家来になったばかりの遠州侍はどうだ? 浜松城には戻らず、そのまま在所に逃げ帰ってしまおうと考えるのではあるまいか。信玄に負けた時点で、敏《さと》い家康がそのことを考えていないはずがない。

そもそも、平八郎の言葉から家康の本心を慮《おもんぱか》れば、籠城策を捨てて無謀とも思える野戦《のいくさ》に臨んだのも、己が求心力をいかに保つか、そこに家康が腐心した挙句の苦渋の選択だったはずだ。

(ところがどうだら。今は善四郎様も辰蔵も明るく笑っとるがね)

景気よく太鼓を叩き、篝火で煌々と城を照らし、帰還する敗残の将兵を出迎えるように城門を大きく開いて待つ。おそらく大鍋に粥でも煮てるのではあるまいか。これなら、逃亡する将兵の数はかなり減るだろう。さらには、城内の士気の高さは、今後攻め寄せるであろう武田勢にも伝わるはずだ。あるいは二番煎じでも、罠を警戒させて退かせることができるかも知れない。そのあたりの事情を大所高所から考え、家康は敢えて危険な空城の計を採らせたのではあるまいか。

ふと、殿軍《しんがり》を歩く茂兵衛の足が止まった。

「小頭、どうなすった？」

前を歩いていた庄助が、茂兵衛が立ち止まったのに気づいて振り向いた。

「や、なんでもねェら」

と、また歩き出した。

(繁みの中で、夏目様が唐《から》の頭《かしら》の兜《かぶと》を手にとられたとき、殿様はすぐに夏目様が脱いだ南無阿弥陀仏の兜を被られた。俺ァ偶《たま》さか見てたんだ。サッと迷いなく被られた……なんだ。殿様、生きる気満々だったんじゃねェか)

家康は敵の松明《たいまつ》に囲まれた際、「死ぬ」「ここで死ぬ」と叫んでいた。あれも聞きようによっては、身代わりの次郎左衛門に突っ込むよう促した言葉とも——

（ま、そこまでは考えんでおこうか。このまま突きつめていくと、俺ァ殿様のことが大嫌いになっちまうがね）

口に溜まってきた唾を、地面に吐いた。

（でもよ。物は考えようだら。俺みてェなお人好《よ》しには戦国大名は務まらねェ。悔しいが辰蔵の言う通りだら。確かにうちの殿様は狡《ずる》くて非情なお方かも知れんが、もし俺が好きに主人を選べるとしたら誰を選ぶ？　俺に似たお人好しを選ぶか？　や、それはダメだら。うちの殿様みてェな人を選ばにゃ。手前ェがどんなに頑張って奉公しても、お家自体が潰されちゃ元も子もねェわ）

野場城《のばじょう》が落ちた日。武器蔵の中で亡くなる寸前、小頭だった榊原左右吉が茂兵衛に遺した言葉を思い出した。

夏目次郎左衛門は善良で公平な主人である。人として尊敬に値する。しかし、善良で公平であるが故に、彼に出世は望めない。だから――

「茂兵衛よ、機会があれば主人を替えよ。折角、命を捧げるなら、もそっと出世しそうな殿様に仕えろ」

と、言い遺して息を引き取ったのだ。確かに、あのまま次郎左衛門に仕えていたら、茂兵衛も最前、武田の大軍の中に突っ込んで討死していたはずだ。戦国期における善良な人間の末路を、次郎左衛門は身をもって茂兵衛に示してくれたとも言える。

「つまり俺ァ、ええ殿様に仕えたってことだら」

「はあ？」

茂兵衛が思わず発した独り言を聞きつけ、庄助が振り返った。

「や、なんでもねェら。庄助、おまんも気張って徳川の殿様にお仕えしろ。きっと報われるがや」

「へ、へい」

敏い庄助だが、茂兵衛の言葉の真意を図りかねたのか、戸惑い気味に返事をした。

「ほら、もう玄黙口《ひがしもん》がすぐそこだら」

茂兵衛は前方右手の高台に、明るく浮かび上がる城門を指さした。

「あ、兄ィ」

城門を潜るとすぐに丑松が、泣きながら抱きついてきた。

茂兵衛が戻ってくるなら南の大手門だと思い待っていたのだが、家康が搦手《からめて》から帰還したと聞いて、ここ玄黙口に様子を見にきたのだという。

「他の奴らは？」

茂兵衛は、配下の足軽たちの安否を訊ねた。

「俺ら五人、全員無事だら。俺、兄ィとはぐれたから、後は平八郎様から絶対離れねェって……お陰で仲間は誰も死ななんだら」

武田勢の先鋒に突っ込んだ平八郎は、七十人いた騎馬武者のうち半数近くを失った。しかし、その後は生き残った配下を率いて戦場を縦横に駆け、家康を捜しまわったという。その後、家康が討たれたとの噂を耳にし、浜松城に戻っていたのだ。

敗軍の将兵を収容した浜松城内は、悲惨な状態だった。

鉄砲傷、槍傷、矢傷——傷ついた将兵たちが横たわって呻《うめ》き、その間を僧体《そうてい》の金瘡医《きんそうい》と水桶を抱えた女たちが駆け回っている。

「おまん、お頭の足手まといにならんかったろうな？」

「兄ィ、とんでもねェら」

弟が少し嫌な顔をした。

「雪も止んだし、霧も晴れた。後は、俺の夜目、遠目の出番よ」

「なるほど。鉄砲も使ったのか？」

「や、それはまだまだ修業中だがや」

「ほうか。すぐに上手くなるさ」

平八郎が夜の戦場で家康を捜し回ったのなら、丑松の目は重宝したはずだ。兄弟で互いの無事を喜んだ。

やはり家康は大釜で大量の粥を焚いていた。味噌と刻んだ塩菜をふんだんに入れていて、塩辛いが実に美味い。疲れた体に米の甘さが染み渡った。

「敵が参るぞ。各々身近な土塁を守れ。戦《いくさ》が始まるまでは、一切音を立てるな」

使番や馬廻衆が城内にそう触れ回っている。

本当は、もう三杯粥を食いたかったのだが、諦めるしかない。茂兵衛は、八人の配下を率い、南に面した大手門である榎門《えのきもん》脇の土塁上に陣取った。善四郎の姿が見えないのが少し気がかりだったが、ま、居てもいなくても、さほどの影響はないだろう。

寅《とら》の上刻（午前三時頃）、大手門外の闇は武田勢の人馬に埋め尽くされた。旗指合印《はたさしあいいん》は桔梗《ききょう》。夜目にも分かる赤備え——山縣昌景率いる最精鋭部隊だ。

城門は今も開かれたままだが、門扉《もんぴ》の裏には十数名の足軽を配してある。もし武田勢が攻める気配を見せれば、瞬時に閉鎖する準備はできていた。

善四郎が重藤《しげとう》の弓を手にしてやってきた。箙《えびら》には二十五本の征矢《そや》を入れている。

「これからがワシの御奉公じゃからのう」

弓の名人が、弓に弦を張る手を休めずに笑った。

しかし、遂に城を囲んだ山縣隊が攻め込んでくることはなかった。

罠を警戒したのか、兵たちの疲労を考え夜戦《よいくさ》を避けたのか、真意は定かでないが、とにかく攻めてはこなかった。四半刻（約三十分）ほど睨み合っていたが、やがて潮が退くように去っていった。

善四郎が平八郎に報告に行ったので、その後は八人の配下と共に円陣を組み、兜も脱がずに、泥のように眠った。

まだ卯《う》の上刻（午前五時頃）を過ぎたあたりで、ほんの半刻（約一時間）しか寝ていない。誰かに足先を蹴られて目覚めた。朦朧《もうろう》とした頭で見上げれば、平八郎である。

「あ、お頭……御無事でなにより……」

「そんなことはどうでもええ」

平八郎は、かなり機嫌が悪い。

「茂兵衛、ワシはこれから憂さ晴らしに参る。信玄の奴に一泡吹かせにゃ口惜《くや》しくて屁も出んわ」

「夜戦にございまするか？」

「おまんも来るか？」

「はい、勿論お供します」

と、跳び起きて枕代わりにしていた打刀を腰に手挟《たばさ》んだ。

負け戦《いくさ》に憤懣やる方ない平八郎は、大久保忠世から「今後のこともある。信玄に三河者の意地を見せてやらねば駄目だ」と声をかけられ、その気になった。同役の鳥居元忠や榊原康政からも知恵を借りて策を練り、家康に夜襲を進言したのである。

三方ヶ原の地理に詳しい者に先導させ、戦勝に緩み深く寝込んだ武田の陣に忍び寄る。鉄砲百挺を射かけ、そのまま逃げてくるという決死の策だ。たとえこれが成功しても大勢に影響はないだろうが、心理的に徳川方の留飲は下がるし、士気も上がるだろう。家康からは「面白い。やってみろ」との許しが出たそうな。

夜襲の指揮は、平八郎自らが執ることになった。

武田勢は、浜松城の北西《いぬい》の方角、四半里（約一キロ）先に陣を敷いている。明るくなるまでには半刻（約一時間）以上ある。半月は中天高くにあるが、まだしばらくは暗いままだ。夜目の利く丑松と三方ヶ原に詳しい猟師あがりの足軽、それに指揮官の平八郎が先頭に立ち、善四郎指揮の槍足軽九名が続き、その後方を百人の鉄砲隊が二列縦隊で進んだ。総勢百二十人に及ぶ決死隊である。馬が嘶《いなな》くと敵に悟られるので全員が徒士《かち》だ。草摺《くさずり》や当世袖《とうせいそで》がこすれて鳴らぬよう紐で軽く縛ってある。勿論、私語を交わす者などいない。誰もが昨夕以来の屈辱に、一矢報いんと悲愴な覚悟を固めていた。

浜松城の北西部には、犀ヶ崖《さいがけ》と呼ばれる地溝《ちこう》が東西に横たわっていた。長さ半里（約二キロ）、深さと幅が二十二間（約四十メートル）もある、かなり大規模な険しい地形である。

武田勢は犀ヶ崖のすぐ北側に天幕を長々と張り巡らし、陣を敷いていた。地溝を濠として浜松城からの奇襲に備えていたと思われる。そのこと自体は間違いではなかったが、いかんせん崖に近過ぎた。

「ここから敵陣まで五十間（約九十メートル）かそこらだがや。こりゃ、面白くなりそうだがね」

月明かりの下で、平八郎が茂兵衛に振り向き、嬉しくて仕方がないといった表情で両手を揉みながら笑った。

火縄銃で狙って的に当てるなら半町（約五十五メートル）が精々だが、仰角をつけて撃てば弾は数町（数百メートル）も飛ぶ。それが五十間なら殺傷力に不足はない。さらには、大勝に酔った武田勢は甲冑《かっちゅう》を脱いで熟睡しているはずだ。

決死隊としては、只々敵陣に撃ち込みさえすればよかった。

三万人が犇《ひし》めいているのだ。必ず誰かに当る。

決死隊は、犀ヶ崖に沿って東西に長々と布陣した。深い地溝が決死隊と武田勢とを隔てている。逆襲を受ける心配はない。

「殿には、一発撃ちかけてすぐ逃げてくると言上したのだが、これなら、五発、十発、ゆっくり撃ってから逃げても十分間に合うがや」

平八郎の機嫌は直ったようだ。

鉄砲足軽たちは暗い中でも、弾や火薬を装填できるように訓練を受けていた。

「弾、込め」

横一列に並んだ鉄砲隊、その背後に立つ小頭たちが小声で命じた。

足軽たちは早合《はやごう》を使い手早く装塡を済ませると、火蓋を閉じ、火縄を取りつけ、カチリと火ばさみを起こした。

「発砲、用意」

平八郎が低い声で命じると、各小頭たちが「火蓋を切れ」と次々に伝言した。

足軽たちが、鉄砲を構えたまま右手の親指で火蓋を押し、火皿を露出させた。

今はやることのない槍足軽たちは、固唾《かたず》を飲んで見守るばかりだ。

「放て！」

ダンダン、ダン。

夜の静寂《しじま》を破って、百挺がほぼ同時に発砲した。

「あれ？」

武田の陣に目だった変化はない。白い天幕はそよとも揺らがない。

「弾、込め」

ダンダン、ダンダンダンダン。

次弾が撃ち込まれて、ようやく事態に気づいたらしく、静まっていた武田の天幕が一斉に揺らぎ、怒号が飛び交い始めた。

「弾、込め」

小頭たちは感情を押し殺し淡々とした声で命じている。興奮や激情は、銃撃とは相性が悪いのだろう。

天幕の内から「敵襲じゃ」「夜討ちずら」と喚く声が聞こえてくる。

ダンダン。

三発目が撃ち込まれた頃、天幕を潜って数百人の武者が、こちらへ向けて走り出した。甲冑が間に合わず、鎧直垂《よろいひたたれ》に槍だけを持った者もいる。

「弾、込め」

小頭たちの声に動揺はない。深い地溝が鉄砲隊を守ってくれているのだから。

果たして多くの武田勢が足を踏み外し、悲鳴と共に、深さ二十二間（約四十メートル）ある谷底の闇へと吸い込まれていった。

「これで十分、退け」

平八郎が撤収を命じた。

結局、決死隊の鉄砲は五回斉射した。単純計算で五百発の銃弾を浴びせかけたのだ。崖から落ちた武者の数も百は下らないだろう。

どうせ、百人の鉄砲隊で三万人を壊滅させることは端から想定していない。決死隊は意気揚々と引き上げた。

茂兵衛は、城へと帰還する決死隊と別れ、一人北へ向かった。卯の下刻（午前六時頃）のあたりだ。

二

家康の身代わりになって死んだ二人——夏目次郎左衛門と大久保四郎九郎の骸《むくろ》を捜し出し、まずは念仏を唱えたい。遺体そのものは無理でも、なにか遺品を持ち帰り、遺族に届けたいとも考えている。

次郎左衛門らが討死したのは、追分《おいわけ》のすぐ南で、犀ヶ崖から北方へ一里（約四キロ）ほどの場所だった。大した距離ではないが、その間には三万の武田勢が駐屯している。当然、大きく迂回することになった。

辰蔵と善四郎も同道したがったが、なにせ夜討ちをかけられた直後で、武田勢は激昂《げっこう》しているだろう。警戒も強化されているはずだ。そんな危険な敵中を突破していくなら「目立たない単独行動がいい」と二人を説得し、諦めさせた。夜目の利く丑松だけは連れて行くことも考えたが、もう大分明るくなってきている。丑松も辰蔵につけて城に帰した。

途中、幾度か武田の見回り隊を見かけた。ススキの藪や灌木《かんぼく》の繁みを槍の先で突っついては、徳川の敗残兵を捜している。

昨夕、祝田《ほうだ》の坂の上で徳川勢はほぼ総崩れとなった。部隊がまとまっての退却行動をとれたのはほんのわずかで、多くの将兵は三々五々、自力で浜松城を目指さざるを得なかったのだ。総大将の家康でさえ、あのざまだったのだから、他は推して知るべしである。祝田の坂から浜松城まで直線距離で二里半（約十キロ）ある。しかも、昨夜の月の出は子《ね》の下刻（深夜零時頃）で、それまでは暗闇の中だったのだ。困難な逃避行に疲れ果て、方角を見失い、夜が明けた今も藪の中に潜んでいる徳川の将兵は少なくないはずだ。

ただ、北へ向かうにしたがい、徐々に武田の見回り隊の姿は少なくなった。半刻ほど歩いた辰《たつ》の上刻（午前七時頃）、茂兵衛は少し開けた場所に出た。

（ああ、ここだら）

赤松の枝ぶりに見覚えがあった。家康の後を追って逃げるとき、振り返って地形と木々の姿を目に焼きつけておいたのだ。

しばらく捜すと、半町（約五十五メートル）四方の範囲に、首のない骸が数十も転がっている場所を見つけた。夏目次郎左衛門終焉の地に相違ない。

（首が無くても夏目様の骸は分かるはずだ。右手の薬指と小指がねェんだ）

九年前、六栗《むつぐり》の夏目屋敷の庭先で、茂兵衛は初めて次郎左衛門に面会した。

「箸が持ちにくくてかなわん」

と、次郎左衛門は指が二本欠けた右手を見せて笑ったものだ。

茂兵衛は、首なし遺体の一つ一つを丹念に調べて回った。

意外に早く、指二本の欠けた骸は見つかった。長身だが痩《や》せて骨ばった体つきに見覚えがある。間違いなく次郎左衛門だ。案の定、首はなく、甲冑も剝《は》ぎ獲られ、腰の脇差や鎧通し、軍扇まで持ち去られていた。直垂だけを身に着けた悲惨な遺体だ。

「酷《ひで》ェことしやがる」

思わず口走ったのだが、茂兵衛自身が着ている甲冑も、元は骸から剝がしたものだ。武田勢の所業を悪《あ》しざまに言う資格はない。

（ま、これが戦《いくさ》ってもんだら）

と、心中で納得しながら、次郎左衛門の遺体を人目につかない深い繁みの中へと曳いて行った。埋めることも考えたが、敵の見回りがうろついている。穴を掘るのは無理だ。松の枝やススキを分厚く骸にかけて埋葬の代わりとした。

（立派な御最期にございました。あの雄姿、茂兵衛は生涯忘れませぬ。また周囲に語り継ぎまする。どうか成仏して下され。ナンマンダブ、ナンマンダブ）

合掌し、念仏を十回唱えた。遺品として、直垂の右袖を切り取り、小さく畳んで腰の帯に縛りつけた。

（厄介なのは大久保様だら。首も甲冑もねェとなると、さあ、どうやって見分けるか？）

甲冑や兜は覚えているが、直垂の柄《がら》までは記憶にない。逆に遺族なら、最後に見た家人の直垂姿を鮮明に覚えているだろう。茂兵衛が適当に選んで持ち帰ると、却って遺族を傷つけてしまいかねない。

（どうするかな）

首なしの骸が散乱する中で途方に暮れた。

「おい、茂兵衛」

と、ススキの中から声がした。

「誰だら？」

槍を構え、穂先でススキを掻き分け、恐る恐る藪に踏み込んだ。

ススキの中に、やはり首のない直垂姿の骸が転がっていた。見回すが、人の気配はない。

（確かに「おい」と聞えたが……気のせいか？）

見ると、遺体の腰の辺りに、黒い小さな団子状のものが二十粒ほども転がっている。

（あれは、鉄砲の弾だら）

足軽なら兎も角、直垂を着込んだ立派な武士が戦場で鉄砲を使うことは希《まれ》だ。

それも二十粒の弾、かなり本気の鉄砲遣いだ。

（これは……きっと大久保様だら。鉄砲が道楽の大久保様に違いねェら）

となれば、最前の「おい、茂兵衛」は、空耳などではなく、大久保の魂が茂兵衛に見つけてもらいたくて呼ばわった声だったのかも知れない。不思議な話だが、別段怖くはなかった。只管《ひたすら》、切なかった。

（大久保様、確かにお体、見つけましたぜ）

合掌した茂兵衛の両眼から、止め処なく涙が流れ落ちた。

辰の下刻（午前八時頃）、恩人二人の形見を確保した茂兵衛は帰途についた。

これから城まで一里半（約六キロ）、三万の敵兵が蠢《うごめ》く荒地を一人で戻らねばならない。敵と鉢合わせしないよう街道は避け、藪の中を縦横に走る獣道を選んで南下した。

「ん？」

前方で、人と人が相争う音がする。

そっと窺えば、兜武者二人が激しく戦っているではないか。武田菱を描いた鉄笠の足軽が二人、槍を構えて背後で見守っている。逃げ遅れ、藪に隠れていた徳川兵を、武田の見回り隊が見つけたのだろう。

大柄な侍が優勢で、馬乗りとなり、今や脇差で相手を刺し殺そうとしていた。

武田の足軽が手を出さないところを見れば、優勢な方が武田方と思われた。

（どうするかなァ。お味方は助けてやりてェが、下手に出ていくと、俺まで巻き添えを食っちまう。この三人だけなら兎も角、まわりは敵だらけだしな）

そのとき、組み敷かれている侍の兜の前立が州浜《すはま》であることに気づいた。

（州浜って……おい、まさか）

よく見れば、組み敷かれているのは、綾女の夫である浅羽小三郎ではないか。

小三郎の面頬《めんぼお》は顎から下だけを覆う簡素なものである。すでにどこかを刺されているのだろう、顔の色は青褪《あおざ》め、血の気がない。脇差を逆手に持ち、止めを刺そうとする相手の腕を下から摑み、必死に抵抗しているが、首を獲られるのは時間の問題のようだ。

(俺は別に、あんたに大した義理はねェんだからよ)

お人好し、甘ちゃん——辰蔵や青木から言われた言葉が頭の隅に引っ掛かっていた。

(俺ァ、千石取りを目指す身だ。いつまでもお人好しの茂兵衛であるもんか)

と、立ち去ろうとした。

以前、忠吉の件で声をかけたときの、小三郎の善良そうな笑顔が頭を過《よぎ》った。

忠吉が小三郎の私物を盗み、茂兵衛はそれを詫びた。そのとき彼は苦笑するだけで、あえて咎《とが》めだてすることはなかったのである。

(嫌な野郎じゃねェ。そこだけは確かだら)

立ち去ろうとした茂兵衛の足がピタリと止まった。

(糞ッ。この俺にどんな得があるってんだ？　手前ェで手前ェの人の好さに呆れるがね)

自分で自分を罵《のの》しりつつ、ゆっくりとススキを掻き分けて前に進み出た。

「あ？　や、山！」

色黒の小柄な足軽が槍を構え、武田勢の符丁を口にした。

「谷ずら」

昨夜来、幾度も耳にした武田の符丁で返すと、槍は構えたままだが、ほんの少しだけ足軽の気が緩んだ。

茂兵衛は笑顔を投げかけ、二歩踏み込んだ。

「おい、ちゃんと確かめろ！　敵かも知れんぞ」

小三郎に跨《また》がっている兜武者が叫んだ。

「へ、へい」

と、上役から視線を戻した色黒の足軽が最後に見たものは、茂兵衛が突き出した槍の穂先であった。

「ぐえッ」

喉を刺し貫かれた足軽が血を噴いて崩れ落ちる。もう一人の足軽が大きく飛び退いて槍を構えた。動きが速い。この足軽は機敏だ。

「て、敵ずら！」

「ほうだら。敵だがね！」

と、電光石火、突きを入れる。ガチンと避けられた。

「ほう……」

茂兵衛の穂先を避けたのだ。素人《しろうと》ではあるまい。足軽だとて舐めてはいけない。茂兵衛もほんの二年前までは足軽だったのだ。

強敵と踏んで、無理をせず搦手《からめて》から攻めることにした。搦手から攻める——つまりは陽動だ。

「な、浅羽様」

と、小三郎に声をかけた。

「この若造を倒したら、あんたと二人、ゆっくりその兜首を頂戴しましょうぜ」

「う、うん……は、早くしてくれ」

小三郎が弱々しく応じた。

「なに、すぐ済ませまさァ」

と、足軽を強く睨んだ上で、彼の肩越しの背後に視線を投げ、大声で叫んだ。

「ああッ!」

「え?」

茂兵衛の陽動に釣られた足軽が、己が背後に気を向けた瞬間、茂兵衛の槍が彼の下腹部を貫いた。

「うぐッ」

神速で穂先を抜き、動きを止めた足軽の首に刺し込んだ。これで即死。敵とはいえ、見所のある若者の未来を奪うのだ。せめて苦しませたくはなかった。

「済みましたら」

と、振り返ると、武田の兜武者はすでに小三郎から離れ、首を獲るために一旦は捨てた槍を拾い、構えていた。

小三郎の方は立てない様子だ。よほど傷が酷いのだろう。

「尋常に勝負！」

兜武者が叫んだ。

「望むところだ」

茂兵衛が冷静に返した。

二人は槍を構えたまま、十分に間合いをとって対峙した。

こうして構え合ってみれば、相手の力量は自ずと知れるものだ。武田の兜武者が、瞬時に二人の槍足軽を葬った茂兵衛を侮《あなど》ることはあり得ないし、茂兵衛の方も、敵の目配り足配りなどから「相当な槍遣い」との心証を得た。

（勝負が長引くようなら、いっそ組打ちに持ち込むのも手だな）

膂力《りょりょく》なら誰にも負けない。力だけなら平八郎をも圧倒する茂兵衛である。

じりじりとした睨み合いが、しばらく続いた。

「おい」

不意に兜武者が声をかけてきた。陽動だろうか。それとも、単に焦《じ》れただけか。

「なんら？」

「ここの周囲は武田方ばかり。時が経てば経つほど、お主に不利じゃ」

――陽動だ。不安を煽り、茂兵衛の焦りを誘う気だ。

「なに、心配要らん。三方ヶ原は俺の庭みたいなもんだ。抜け道や隠れ処ぐらいごまんと知っとるわ」

そうは強がってみせたが、浜松《はままつ》に住んでまだ三年と少しだ。広大な三方ヶ原のこと、実際にはそこまで詳しくない。

兜武者がじわりと、槍を握る手を後方へとずらした。槍を長く持つ気だ。

（野郎、遠くから突いてくる肚だな？）

茂兵衛の槍は、善四郎からの借り物だ。善四郎の体力に合わせ、華奢《きゃしゃ》な上に通常より半尺（約十五センチ）ほど短めに作ってある。屋内用の手槍に毛の生えた程度のものだ。敵はそこに目をつけ、握りを下げたものと思われた。このまま真っ向から突き合えば、茂兵衛の穂先は相手に届かず、相手の穂先のみが茂兵衛を貫く。

（そうはいくかい）

反対に茂兵衛は、柄を握る手を前方にずらした。槍の中央部、重心の辺りを握る感じだ。この位置を握ると、前後の重量が均衡し、槍を扱いやすくなる。敵の槍先を避けるにも、旋回させ石突《いしづき》で殴りつけるのにも都合がいい。

（どうせ長さじゃ勝てねェ。相手が先に仕掛けてくるのを待つ）

長さに慢心した敵が、強く突いてきた一瞬が勝負と目途を定めた。

「えいさッ」

果たして、突いてきた。

間一髪、穂先を受け流し、素早く踏み込み、間合いをつめた。槍の懐に入った感じだ。接近戦に持ち込めば、敵は槍の長さを持て余すだろう。短めの槍をさらに短く持った茂兵衛が圧倒的に有利だ。

「そらッ」

と、下腹部を突いたが、穂先は頑丈な鉄胴に撥ね返された。すかさず槍を回転させ、石突で敵の兜を強《したた》かに殴りつけた。

ゴン。

打撃は有効だ。甲冑の上からでも相当に効く。兜武者は思わず槍を落とし、片膝を突いた。勝負あったかのように見えたが、茂兵衛が止めの一突きを入れることはなかった。

鈍い音がして、妙な反動が手に伝わったのだ。怪力の茂兵衛が、満身の力を込めて殴りつけたのはいいが、兜を叩いたその衝撃で槍の柄に皹《ひび》が入ったらしい。

（ええい糞ッ、これだから華奢な槍は……）

心中で毒づいた後、躊躇《ためら》うことなく信頼の置けない槍を放棄した。腰の打刀を抜き、片膝を突いたまま頭を振る敵に跳びかかった。

当世具足を着こんだ武者は刀では斬れない。ほんのわずかな隙間を狙って切っ先を突き立てるしかないが、槍とは勝手が違う。刀の扱いは不得手だ。刃物との意識を捨て、鉄棒と思い做し、ひたすら殴りつけることに専念した。

ガンガンガン、ガン。

敵はしばらく打擲《ちょうちゃく》に耐えていたが、やがて、両腕を広げ、茂兵衛の腰に抱きついてきた。

「うわッ」

思わず体重が後ろにかかり、茂兵衛は仰向けに転倒した。

(い、いかん)

このまま馬乗りになられては万事休すだ。両足を屈め、跳ね起きようとしたところに、刀を抜いた兜武者が圧《の》しかかってきた。屈めた足で、敵の胴を蹴って撥ね飛ばし、ごそごそと不格好に立ち上がった。

「貰ったァ」

と、斬りかかってきた。拝むようにして刀で受けた。

ギン、ギン、ギン。

二度三度と刀で打ち合った後、間合いを取って睨み合った。双方、肩で息をしている。相当に疲れている。もうどこにも「槍遣い同士の華麗な勝負」の面影はなかった。只々、殺《や》るか殺られるか。文字通りの泥試合だ。

相手は面頬に喉垂を着けているが、茂兵衛にはない。広く顔から喉にかけて、どこを突かれても斬られても致命傷となりかねない。

(け、形勢不利だがね。それに、武田の助太刀が来ないとも限らねェ。長居は無用だら)

と、肚をくった。重心を下げ、足を踏ん張った。

「こら、おまん！」

と、兜武者に向かって吼《ほ》えた。

「なんだ！」

「おまんとの勝負はもう飽き飽きした。勝っても負けても次が最後だら。一発で決めたる」

「来い、三河野郎！」

「死ねッ」

大上段から斬り下げたが、切っ先は空しく宙を切った。

敵が兜を伏せ、体当りしてきた。茂兵衛は脇へ跳んでかわし、敵の甲冑の当世袖を摑んだ。思い切り振り回す。敵の足がもつれ、地面に転がった。

（しめた）

と、馬乗りになる。

刀を突き刺そうとしたが、敵の左手に刀を持つ右手首を摑まれた。茂兵衛はにじり上がり、左膝で敵の右腕を押さえつけ動きを封じた。空いた左手で喉垂の上から首を絞め上げた。

「ウグッ」

跳ね上がった喉垂の下に手を差し入れ、今度は確実に喉を絞め上げた。しばらくすると茂兵衛の右手首を摑んだ敵の力がフッと弱まった。刀を捨て、右手も左手に添えて喉を圧迫する。やがて、グキッと鈍い音がして喉の骨が折れた。ようやく兜武者は完全に動きを止めた。

三

面頰の中、目を剝《む》いたまま反応が無くなったので、両手を喉から離し、馬乗りになっていた兜武者から下りた。冬の朝の寒気の中、まだ湯気を上げている骸の傍らで少し息を整えてから、小三郎にのろのろと這い寄った。

「大丈夫にござるか、お気を確かに」

傷は、脇の下を突かれた槍傷であった。咳《せ》き込み、時折血を吐くところを見れば、肺にまで達しているらしい。

小三郎は、助けてくれた相手が植田茂兵衛とは、まったく気づいていないようだ。

「今年の二月。それがしの配下の足軽が、浅羽様の短刀を盗み、謝罪にお伺い致した覚えがござる」

「ほう、あのときの……や、奇遇でござるな」

と、力なく笑った。

「御安堵《あんど》めされ。城まで、背負って帰りまするゆえ」

「一里近くもあろう。大丈夫にござるか？」

「休み休み、ゆるりと参ります。少々痛むやも知れんが、しばし御辛抱を」

そう伝え、小三郎を引き起こして背負った。

歩き出そうとする茂兵衛に、背中から小三郎が遠慮がちに囁《ささや》いた。

「く、首は獲らんのですか？　あの兜武者の首」

「や、でも、ここは敵地ですし、一刻も早く……」

「貴公が折角、苦労して倒したのだ。勿体ないではないか？」

草の中に転がる骸を改めて見れば、立派な甲冑を着ている。当世袖や草摺はすべて沢潟《おもだか》の毛引縅《けびきおどし》だ。さらには槍の腕も相当で、振る舞いも堂々としていた。あるいは高名な武将なのかも知れない。

（あと八年で千石取りになれねェと、横山左馬之助に、この首をやることになる

からなァ）

手柄とするには、首級を持ち帰るのが一番だ。

「首を獲っておいたほうがいい」

と、小三郎も強く勧めた。

「実は、それがしには妻がおる。昨年娶《めと》ったばかりの若い嫁じゃ」

（知ってるさ……俺が袖にされた女だら）

こんなときに、綾女のことを思い出させる小三郎を憎らしく感じたが、彼は茂兵衛と綾女の経緯《いきさつ》を知らない。悪気はないのだ。

「勿論、この武者を倒したのは貴公だが、それがしも一応は槍を交えた。手柄にはならんが、嫁に自慢話ができる。もしや名のある武将であれば鼻が高い。だから首を是非……」

「わ、分かりもうした」

と、茂兵衛は小三郎をまた地面に下ろした。

この九年間に、百人近くの敵を殺してきた。多くは雑兵だが、二十や三十は兜武者も倒している。もし茂兵衛がすべての兜首を持ち帰り、誰もがするように己が手柄を誇っていたなら、今頃は足軽小頭ではなく、足軽大将になれていたかも知れない。倒した遺体から首を切り取る——その戦国武士にはごく日常的な行為が、幾度辰蔵に叱られても、平八郎から促されても、茂兵衛にはできなかった。生理的な嫌悪感もあったが、それ以上に、敗者に対する辱《はずかし》めのような気がして躊躇われたのだ。

今回も断りたかったが、惚れた女の亭主で、重い傷を負った男の強い希望とあれば「仕方ない」と肚をくった。

首は簡単に切り離せた。

骸に馬乗りとなり面頬と喉垂を外し、兜を脱がせた。瞑目合掌《めいもくがっしょう》の後、脇差で骨の周囲の肉を切り、骨を繋ぐ幾つかの腱を断つと、首は難なく外れた。首級を晒《さらし》に包み腰帯に括りつけた。

「もしや、貴公？　首を落とすのは初めてか？」

傍らで見ていた小三郎が驚いたような顔をした。よほど茂兵衛の手際が悪かったのであろう。

「はい、左様で」

「しかし、あれほどお強いのに、なぜ今まで？」

「それは……」

しばし言葉を選んだ。

平八郎にも辰蔵にも丑松にも告げた覚えはない。おそらく今後は二度と口にしないが、茂兵衛は、武人としての自分の哲学を語ろうとしていた。

他人から無理に頼まれ、倒した敵の首を初めて切った。胸の内で感情が入り乱れており、自分自身に向かい「一言あって然るべし」と思った次第だ。

「敵は、倒すまでが敵……死んだ相手は最早、敵ではござらん。首を切るのは死者に対する冒瀆《ぼうとく》にござる。首がなけりゃ手柄の証がないと言われるなら、それがしは出世せんでもええ……や、出世はしたいが、他の方法でする」

「………」

小三郎が驚いたような顔で茂兵衛を凝視している。

「なにか、間違っておりましょうか？」

「や、立派なお考えとは思うが、貴公……武士には、ちと向いておらぬのではないか？」

「あるいは、そうやもしれませぬなァ」

茂兵衛はそのまま小三郎を背負い、浜松城への道を歩き始めた。

浜松城へ着くと、小三郎を背負ったまま、綾女が待つ家へと向かった。

かねてより綾女の家には近寄らないようにしていたが、その場所は正確に知っていた。

家が近づくと、背中から小三郎が囁いた。

「植田殿。一つだけ、虫のいいお願いがあるのだが」

「は？」

「その兜首、確かに倒したのは貴公だが、妻の前でだけ、それがしと一緒に倒したということにしてはもらえまいか？　や、一緒ではなくともいい。ほんの少し手助けをしたと……」

確かに虫のいい頼みだとも思ったが、今さら目くじらを立てるほどのことではない。むしろ自分にはそのほうが都合がいいと思った。

「なにを仰《おっしゃ》る。この兜首は正真正銘、浅羽様の功名にございます。それがしは貴方様に代わって首を切っただけでござる」

「え、手柄を譲っていただけるのか？」

「譲るもなにも、その通りなのですから」

小三郎は小声で「かたじけない。恩にきる」と呟いた。

（辰蔵、左馬之助殿……相すまん）

と、心中で詫びた。

浅羽家はこぢんまりとした長屋であった。国衆階級の出である小三郎は歴《れっき》とした上士で、騎乗の身分だ。長屋といっても、足軽長屋のような狭苦しい棟割長屋ではない。四部屋に坪庭までついた、それなりの武家の住まいである。

「ご、御免下され」

声を出すのが辛い小三郎に代わり、茂兵衛が玄関前で訪《おとな》いを入れた。

しばらくして屋内で人の気配が動き、小女《こおんな》を連れた綾女が姿を現した。

美しい黒髪を後ろに束ね、浅葱色《あさぎいろ》の小袖を重ね着している。いかにも初々しい若妻姿だ。

「こ、これは……」

夫が歩けぬほどの深い傷を負ったこと、その夫を背負っているのが他ならぬ茂兵衛であること――二つの驚きが重なり、綾女は度を失った。唇の色が失せ、顔が青褪め、体の前で組んだ両手がブルブルと震え始めた。

（こ、こらいかんわ）

動揺した彼女が、下手なことを口走らぬ前にと茂兵衛が先に声をかけた。

「これは奥様、浅羽様をお連れしました。お初にお目にかかりまする。旗本先手役本多平八郎が組下、植田茂兵衛と申しまする」

「……」

澄んだ美しい目が、茂兵衛の目を見つめ小刻みに揺れている。

綾女が茂兵衛に「どういうこと？」と説明を求めているのは明らかだったが、ここで会話を始めれば、言葉の端々から旧知の間柄であることが小三郎に伝わりかねない。今までの小三郎の発言を総合すれば、綾女は茂兵衛との経緯を一切夫には伝えていないはずだ。以前求婚し、拒絶された男としては、綾女の立場に配慮し、夫婦の仲を悪化させぬよう、細心の注意を払わねばならない。

「奥様、まずは湯を沸かして下され。浅羽様の体を拭かねばなりませぬぞ」

早く正気に戻ってもおうと、あえて強く睨みつけ、語気荒く命じた。

「あ、はい……ど、どうぞこちらへ」

ようやく綾女が我に返ってくれた。

茂兵衛は、小三郎を寝かせ、井戸端に首級を置くと、早々に浅羽家を辞した。玄関を出たところで「茂兵衛様」と後ろから呼び止められた。

綾女である。

茂兵衛はゆっくりと振り向いた。男と女はしばし見つめ合った。

（き、綺麗な目だら……）

正直なところ、二年前に求婚したときよりも、今の茂兵衛の方が強く綾女を求めていた。他人の妻となったことで嫉妬心が高じ、却って思いが募る——男の屑《くず》にありがちな横恋慕だ。それが分かっているからこそ、なんとか想いを断ち切ろうと努めるのだが、なかなかできないでいる。

「今回は負け戦、それがしも命からがら逃げておりました。藪の中で、あの首級の敵将と相打ちとなり、動けなくなっていた御主人を偶然に見つけ、連れ帰った。それだけにござる。なに一ツ特別な仔細はござらん」

綾女はしばらく沈黙を守った。探るような目で茂兵衛を見た。茂兵衛の胸の鼓動が高まった。

（すべて見透かされているような気がする。そんな目だら）

思わず踵《きびす》を返した。

もうこれ以上、綾女の射るような眼差しには耐えられなかった。

茂兵衛がとった行動のすべてが、本音とは大きく乖離《かいり》している。茂兵衛は自分で自分に嘘をついている。綾女は、そう見抜いたのではあるまいか。

（じゃ、俺の本音ってのはなんだ？）

小三郎が死に、綾女が寡婦《かふ》となり、彼女にもう一度求婚する——それが茂兵衛の願いだ。望みだ。しかし、自分の行動はすべて裏腹だった。小三郎の死を望みながら彼を助けた。なぜだ？　助けたばかりか、手柄まで譲った。なぜだ？　偽善——という言葉が脳裏を過った。

（違う。俺ァただ、綾女殿の喜ぶ顔がみたいばかりに）

心の中で「茂兵衛は嘘つきだら」と誰かの声がした。茂兵衛自身の声によく似ていた。

（俺ァ、手前《てめ》ェで手前ェが分からねェ。俺、馬鹿なのかな？　丑松の兄貴だからなァ。多分、馬鹿なんだろうなァ）

石段を駆け上り、辻を曲がるとき、ちらりと後方を見た。

綾女はまだそこにいた。深々と頭を下げた。

（なんだ、そうか……）

馬鹿は馬鹿なり、ようやく思い当たった。

（俺ァ、浅羽様に後ろめたかっただけだ。女房殿に横恋慕してる罪滅ぼしをするつもりで、助けたり、功を譲ったりした……ただ、それだけのことだら）

自分がとても小さく、卑しい人間に思え、思わず茂兵衛は頭を掻こうとした。

「うッ?」

兜を被ったままだ。この桃形兜《ももなり》——昨日の朝、身支度したときに頭に載せて以来一度も脱いでいなかった。

終章　騎乗の身分

三方ヶ原《みかたはら》を下りた武田勢の歩みは遅かった。

浜名湖《はまなこ》北岸の刑部《ぎょうぶ》までは進んだが、その地に駐屯したまま年を越したのである。二俣城《ふたまたじょう》以下、幾つかの小城を押さえているとはいえ、遠江《とおとうみ》は彼らにとって油断のならない敵地のはずだ。武田勢の鈍重な動きに、家康の重臣《おとな》たちも首を傾《かし》げた。岐阜《ぎふ》の信長からは「信玄重病説」までがもたらされた。

「三方ヶ原の武田勢は、確かに急いでござった」

元亀《げんき》四年（一五七三）正月二日の軍議で本多平八郎が発言した。

「だからこそ、落とすに手間のかかる、この浜松城を囲むのを嫌い、野戦《のいくさ》に持ち込んだと思われまする」

酒井や石川からも異論は出なかった。

野戦で徳川を徹底的に叩いた後も、空城の計の成否はともかく、武田勢が浜松《はままつ》城《じょう》を襲うことはなかったのである。よほど城攻めが嫌だったのだろう。

「それがどうじゃ。今はゆっくり刑部で正月を迎えてござる。これがなにを意味するか？」

確かに、武田勢の進軍速度には一貫性がなかった。

まず、怒濤《どとう》の進撃で遠江に乱入した。複数の小城をわずか一日で攻め落としつつ進んだ割には、二俣城攻略にはふた月を要し、その間信玄本隊は合代島《ごうだいしま》から動かなかった。

十二月二十二日に動いたかと思えば、神速で天竜川《てんりゅうがわ》を渡り、手練手管《てれんてくだ》を使って短時間で家康を打ち破った。そのまま北上し、刑部に至ったところで、また動きをピタリと止めたのだ。

「もし岐阜からの報せの通り、信玄が重病を患《わずら》っているとすれば、これらの謎はすべて説明がつきもうす」

信玄の具合がいいときには精一杯急ぎ、体調がすぐれなくなれば、長逗留せざるを得なくなる。すべて信玄の体調次第――と、平八郎は「信玄重病説」を支持した。

「いずれにせよ、刑部辺りで年を越したからには、最早武田勢に余裕はござらん。もうひと月半もすれば雪が解け始める。我らはジッと待っておればよい。楽な戦《いくさ》よ」

酒井が嬉しそうに付け足した。

雪が解ければ、北の上杉謙信が動けるようになる。精強な越後《えちご》勢に甲斐《かい》信濃《しなの》を窺われては堪らぬから、信玄は甲府《こうふ》に戻らざるを得なくなるだろう。体調の良し悪しに拘わらずだ。

軍議は楽観的な気分に支配されていた。十日前の三方ヶ原では大敗を喫したが、どうやら現在、尻に火が点《つ》いているのは武田の方らしい。

「今、我らがなすべきは、武田勢が動かぬのか？　動けぬのか？　見極めることであろうな。岐阜《ぎふ》の弾正忠様、岡崎《おかざき》の信康とも連携し、武田勢への小当たりを繰り返すとしよう」

家康が方針を決し、軍議は散会した。

三方ヶ原で討死したのは、夏目党ばかりではなかった。

平八郎の育ての親で、叔父にあたる本多忠真《ほんだただざね》など、家康の側近、重臣の討死が相次いだのだ。二俣城の籠城戦を指揮した中根正照と青木貞治も、乱戦の中で壮絶な討死を遂げている。二俣城を守れなかった汚名を雪《そそ》ごうと奮戦したと聞いた。

何しろ人が大勢死んだ。人材難に陥った家康は、積極的に若者の登用を進めることにした。

その一環として、植田茂兵衛を馬廻衆へ抜擢《ばってき》するという話も出たのだ。家康直々に平八郎に話をしたという。三方ヶ原での敗走時に見せた冷静さと槍捌きに家康は興味を持ち「側近《そばちか》くで使ってみたい」と考えたようだ。勿論、平八郎は大賛成したが、横槍が入った。日下部兵右衛門たちである。

馬廻衆は名門の子弟の集まりだ。足軽上がりの、さらには十年前までは百姓だった者を「仲間とは見做せない」と家康に直訴したらしい。

「そうか……なるほど」

こんなとき家康は無理をしない。我を通さない。

家中の世論や気分を見極め、それに従う。かくて茂兵衛抜擢の話は流れた。

「ま、腐るな。ワシが色々と考えとるがや」

「お頭、そんなに無理なさらねェで下さい。それがしは足軽小頭で十分に……」

「たァけ。おまんは後七年で千石取りにならにゃ、これだぞ？」

と、手刀で己が首を叩いてみせた。

「ワシは証人だからな。横山左馬之助に対しても責任がある。なあなあでは済まさんぞ。おまんの首を引っこ抜きに参るぞ！」

「は、はあ」

さすがに平八郎の毒気に当てられ、少々眩暈《めまい》を覚えた。

ただ、むしろ茂兵衛はホッとしていた。日下部の言い分は、ある意味もっともであり、抜擢されたはいいが、同僚と話が合わず「仲間外れにされた」では目も当てられない。

そんな中、抜擢されたのは松平善四郎であった。

弓の腕と門地を買われて、足軽大将に登用されたのだ。今後は三十人の弓足軽と護衛の槍足軽二十人を采配することになる。十七歳という年齢を心配する向きもあったが、根回しをした平八郎が「殿が側近として欲しがったほどの植田茂兵衛を、寄騎として付けるから大丈夫だ」と重臣たちを説得して回った。

「寄騎と言ってもな、弓足軽隊の副将格で歴とした騎乗の身分だぞ」

「え、それがし、馬になど乗れませぬが？」

「たァけ。ひと月の内に乗れるようになれ」

「ははッ」

騎乗の身分の侍には、馬を自前で飼うことが求められた。馬を飼うと餌代がかかる。面倒を見る小者も雇わねばならない。戦場に赴くときには最低でも轡《くつわ》取りと槍持ちを従えて出陣する。それだけの財力を持って初めて騎乗の身分を誇れるわけだ。茂兵衛は二十五貫（約二百五十万円）の俸給が、三倍の七十五貫（約七百五十万円）に増えた。石高に直せば百五十石ほどか。最下層の旗本といった分限である。左馬之助との約束の千石取りまではまだまだ遠いが、ぼんやりと先は見えてきた。

「おい、俺のことも忘れんでくれよ」

辰蔵が、脇から茂兵衛の袖を引いた。

「うん。おまんも、なんとかなりそうだら」

善四郎と相談し、辰蔵を足軽小頭に昇進させ、茂兵衛の槍足軽隊を引き継がせることにした。これで辰蔵も侍である。茂兵衛は相棒との約束の一端を果たせて肩の荷が少し軽くなった。

一方、丑松は平八郎が離そうとしなかった。彼の卓越した夜目遠目に魅せられたようだ。

「丑松の目は、兜武者《かぶとむしゃ》百騎分の働きをしよる。是非、譲ってくれ」

と、平八郎は茂兵衛に頭を下げた。その旨を弟に伝えると、丑松は――

「ま、天下の本多平八郎が、そこまで言うならよ。俺としても嫌とは言えねェら」

「この、たァけ」

増上慢のあほうに、拳固を見舞ってやった。

結局、丑松は平八郎の家来となった。徳川の直臣から本多家の家臣へ――陪臣身分への降格のようだが、歴とした士分として召し抱えられたのだ。丑松は十分に満足している。

四月のある日、ひょっこり綾女が茂兵衛の家を訪ねてきた。

小女を一人連れ、白絹の小袖に白綸子《りんず》の帯をしめている。

(ああ、浅羽様、いかんかったか……)

戦国期、喪服の色は白である。

今日まで、浅羽小三郎を見舞うことはしなかった。妻に横恋慕している自分が白々しく見舞うなど、たとえ小三郎がそれを知らなくとも、やはり人として憚《はばか》られた。

「お亡くなりになられたのですか？」

「はい、三日前に」

三方ヶ原での傷が元で、徐々に体力を消耗し、苦しむことなく眠るように死んだという。

茂兵衛が倒し、手柄を小三郎に譲った武田武者の素性は、あれからすぐに判明した。首実検の結果、高坂弾正《こうさかだんじよう》の重臣で豪勇の誉れ高い坂崎《さかざき》某だと、捕虜となった武田兵が口を揃えたそうな。大殊勲である。

「浅羽の両親が、家の誉れだと、それは喜びましてね。首級と夫を連れ帰ってくれた貴方様にくれぐれも良しなにと」

「なに、大したことはしておりません」

綾女は茂兵衛を見つめた。また心の中まで見通すような澄んだ目だった。

「嘘ばっかり」

綾女が小声で言って微笑《ほほえ》んだ。

小三郎は死の間際、綾女に真相を告白していた。坂崎を倒したのは自分ではなく茂兵衛であると。そして自分の死後、茂兵衛の手柄となるよう、書置きを残すと言い出したそうな。

「私、茂兵衛様は決して喜ばれないから、止めるように申しました。いけませんでしたでしょうか?」

「いけないもなにも。浅羽様は死を目前にして錯乱しておられたに相違ない。坂崎を討ち取ったのは、浅羽様お一人の手柄にござる。それがしが申すのだから間違いない」

「……」

綾女は小さく頭を下げ応えた。

「これから綾女殿はどうされる?」

「私は忙しゅうございます。両親に田鶴姫様、そして今度は夫。弔《とむら》うべき人が多過ぎて、もう大変で……」

綾女は顔を伏せ、両手で覆った。肩が小刻みに震えている。

もし、今ここで肩をそっと抱けば、綾女は自分のものになる——茂兵衛にはそれが分かった。ただ、自分はしないだろう。先のことは分からないが、少なくとも今それをするのは、自分のためにも、綾女のためにもならない。

家の外を幾人かの足音が駆け抜けた。

「武田勢が退いたぞ! 信濃に続々と戻って行ってるそうな! 浜松城は救われ

たがね！　徳川は持ちこたえたがね！」

宿敵の撤退を呼ばわる声が、浜松城内で弾んでいた。

本作品は、書き下ろしです。

双葉文庫

い-56-03

三河雑兵心得《みかわぞうひょうこころえ》
足軽《あしがる》小《こ》頭《がしら》仁《じん》義《ぎ》

2020年6月14日　第1刷発行
2021年12月14日　第12刷発行

【著者】
井原忠政《いはらただまさ》

【発行者】
箕浦克史
【発行所】
株式会社双葉社
〒162-8540 東京都新宿区東五軒町3番28号
［電話］03-5261-4818(営業部)　03-5261-4833(編集部)
www.futabasha.co.jp(双葉社の書籍・コミックが買えます)
【印刷所】
中央精版印刷株式会社
【製本所】
中央精版印刷株式会社

【フォーマット・デザイン】
日下潤一

ISBN978-4-575-67007-3 C0193
Printed in Japan

岡田秀文　関ヶ原
長編歴史小説
天下分け目の戦として世に名高い関ヶ原の合戦を、寧々の視点を交えて描いた意欲作。「新しい関ヶ原」の誕生！

岡田秀文　足利兄弟
長編歴史小説
室町幕府を興した足利尊氏。絶大なカリスマ性を誇る巨人には聡明な弟がいた。乱世を駆け抜けた兄弟の絆と軋轢を描く歴史巨編。

海道龍一朗　加藤段蔵無頼伝Ⅰ　悪忍《あくにん》〈新装版〉
長編戦国ピカレスク・ロマン
乱世を駆け抜けた伝説の忍者がいた！　その名は加藤段蔵。伊賀・甲賀を挑発し、加賀一向衆の首領を罠にかけ、上杉謙信を誑かす。

海道龍一朗　加藤段蔵無頼伝Ⅱ　修羅〈上・下〉
長編戦国ピカレスク・ロマン
武田晴信と長尾景虎が対峙した川中島の戦い。その陰で悪名高い一人の漢が暗躍していた。伝説の忍者加藤段蔵を描く痛快シリーズ第2弾！

経《きょう》塚《づか》丸《まる》雄《お》　わんわん武士道　猛犬、江戸に跳ぶ
長編時代小説〈書き下ろし〉
将軍に献上された巨大犬を飼い馴らす、というお役目についた小笠原官兵衛は、暴れ犬をしつけようと悪戦苦闘する。新シリーズ始動！

経《きょう》塚《づか》丸《まる》雄《お》　わんわん武士道　猛犬、月に咆える
長編時代小説〈書き下ろし〉
公方様にも咆えかかる無礼犬を手懐けた小笠原官兵衛。幕閣の覚えがめでたくなるが、将軍家の世継ぎをめぐる争いに巻き込まれてしまう。

経《きょう》塚《づか》丸《まる》雄《お》　わんわん武士道　猛犬、恋に落ちる
長編時代小説〈書き下ろし〉
仁王丸の許に花嫁候補がやってきた。だが花婿はすっかり嫌われてしまう。官兵衛は二匹の恋を実らせようと御犬番の誇りを懸け奮闘する！

坂岡真
照れ降れ長屋風聞帖
大江戸人情小太刀
長編時代小説〈書き下ろし〉
江戸堀江町、通称「照れ降れ町」の長屋に住む浪人、浅間三左衛門。疾風一閃、富田流小太刀の妙技が人の情けを救う。シリーズ第一弾。

千野隆司
おれは一万石
長編時代小説〈書き下ろし〉
一俵でも石高が減れば旗本に格下げになる、ぎりぎり一万石の大名、下総高岡藩井上家に婿入りした十七歳の若者、竹腰正紀の奮闘記！

鳥羽亮
華町源九郎江戸暦
はぐれ長屋の用心棒
長編時代小説〈書き下ろし〉
気侭な長屋暮らしに降ってわいた五千石のお家騒動。鏡新明智流の遣い手ながら、老いを感じ始めた中年武士の矜持を描く。シリーズ第一弾。

鳥羽亮
はぐれ長屋の用心棒
居合の女
長編時代小説〈書き下ろし〉
管井紋太夫に、女剣士が弟子入りを志願してきた。惨殺された父親の無念を晴らそうとする娘のために、はぐれ長屋の住人が奔走する。

葉室麟
川あかり
長編時代小説
藩で一番の臆病者と言われる男が、刺客を命じられた！　武士として生きることの覚悟と矜持が胸を打つ、直木賞作家の痛快娯楽作。

葉室麟
螢草《ほたるぐさ》
時代エンターテインメント
切腹した父の無念を晴らすという悲願を胸に、出自を隠し女中となった菜々。だが、奉公先の風早家に卑劣な罠が仕掛けられる。

葉室麟
峠しぐれ
時代小説
峠の茶店を営む寡黙な夫婦。ある年の夏、二人を討つため屈強な七人組の侍が訪ねてきた。二人の過去になにが。話は十五年前の夏に遡る。

葉室 麟　あおなり道場始末　痛快長編時代小説

その剣、天下無双——ただし、三回に一回!? 未完成の奥義〝神妙活殺〟を引っさげて、三兄妹弟は父の仇を捜すため道場破りの旅にでる!

幡大介　八巻卯之吉 放蕩記　大富豪同心　長編時代小説〈書き下ろし〉

江戸一番の札差・三国屋の末孫の卯之吉が定町廻り同心になった。放蕩三昧の日々に培った知識、人脈、財力で、同心仲間も驚く活躍をする。

山本一力　紅けむり　長編時代小説

伊万里焼の里と江戸を結ぶ、密かな陰謀。若き大店主が、清廉なる信念をもって立ち向かう。息もつかせぬ圧巻の時代巨編!

山本周五郎　楽天旅日記　長編時代小説

側室一派に謀られ幽閉同然で育った大吉田藩の若殿順二郎。御家の一大事を受け隠密裡に江戸へ向かう無垢な若殿に世の荒波が襲いかかる!

山本周五郎　若殿女難記　時代小説

久々に江戸入りした若殿が、すっかりバカ殿に——実はその正体は替え玉だった。調子に乗るバカ殿を待つ大逆転劇とは!? 傑作短篇集。

山本周五郎　奇縁無双　時代小説

伊兵衛が城下で平手打ちした無礼な乙女は、なんと主君が溺愛する万姫だった。武芸に秀でた美貌の姫は伊兵衛に戦いを挑む。傑作短篇集!

山本周五郎　忍術千一夜　時代小説

山の神から手に入れた驚異の忍術で水も滴る美丈夫に変身した八百助は、色と欲に目が眩んだ世間に復讐劇を仕掛けていく。傑作短篇集。